우연(偶然)의 양편(兩便)

양실 장편소설

깊은 밤의 정적이 두 사람의 소곤거림을 감싸주며 뜨겁게 흘러가고 있었다

법문북스

우연(偶然)의
양편(兩便)

양실 장편소설

깊은 밤의 정적이 두 사람의 소곤거림을 감싸주며 뜨겁게 흘러가고 있었다

📖 법문북스

깊은 밤의 정적이 두 사람의 소곤거림을
깊이 감싸주며 뜨겁게 흘러가고 있었다.

차 례

우연(偶然)의 양편(兩便)

1장

우연(偶然)의 양편(兩便)

그날 이연하 씨는 변리사 법인사무실에 변리사로 첫 출근을 하였다. 30대 후반이 후다닥 다가왔지만 어쨌든 새로운 인생의 출발이라 그랬던지 전날 밤 제대로 잠을 이루지 못하였다. 그런데도 낮 동안 졸음도 오지 않아 혹시 오늘밤도 설치게 되지 않을까 걱정되어 엄마가 살아계실 동안 대학병원의 처방전을 들고 약을 사러 다녔던 약국에서 수면제를 사려고 버스를 타고 종로 5가에 내렸다. 그 약국은 사촌 언니가 약사로 근무하는 곳이다. 약을 사고 그녀는 한강 쪽 마포구에 소재한 한 호텔에서 친구를 만나 저녁 식사를 함께하기로 약속되어 있었다. 이연하 씨는 대학 졸업 후 은행에 취업하였고 서른다섯에 그렇게도 고대하던 변리사 시험에 합격하였다. 내친김에 미국 유학을 마치고 돌아올 요량으로 영어 회화 학원을 두 군데나 다녔다. 한 곳은 남성, 한 곳은 여성 원어민이 가르치는 곳이었다. 그녀는 대학재학 때와 그 후에도 영어를 소홀히 하지 않았다. 그녀의 꿈은 좀 남달랐다. 여성 정치인이 되는 것이었다. 유학 준비를 다 마치고, 이제 미국으로 떠날 준비도 거의 끝내 갈 즈음, 엄마와 함께 거실 바닥에 앉아 선물로 들어온 제주 감귤 상자를 열고 감귤 껍질을 벗겨, 그녀는 엄마에게, 엄마는 딸인 그녀에게 감귤을 입에 넣어주며 이렇게 말씀하셨다.

"네 유학 생활이 5년 예정이면 엄마 나이가 70이 되는데, 그동안 너 없이 내가 외로워서 제대로 견뎌낼 수 있을지 모르겠구나."

이 말씀이 엄마가 이 세상에서 상대방이 쉽게 알아들을 수 있는 목소리로 말한 마지막 말씀이 될 줄은 몰랐다. 그 말을 하고 나서, 엄마는 오른손에 들고 있던 감귤을 바닥에 떨어트린 후 스르르 옆으로 기울며 쓰러지셨다.

"엄마 왜 그래!"

그녀는 소스라치게 놀랐다. 편치 않은 자세로 바닥에 누운 엄마는 아무 말이 없었고 딸을 바라보지도 않고, 눈의 초점도 어디를 보고 있는지 분간할 수 없었다. 그녀는 귤 상자를 옆으로 세차게 밀치고 엄마의 머리 밑으로 팔을 집어넣어 엄마를 안았다. 엄마의 몸은 일체의 반응을 보이지 않았다.

"엄마! 엄마!"

엄마를 바닥에 눕히고 전화기를 들고 급히 119에 연락했고, 10분이 채 못되어 구급차가 도착했다. 그녀는 현관문을 열어주며 들것을 들고 있는 구급대원 두 분에게 신을 신고 들어오시라고 말했다. 엄마를 들것에 옮겨 눕히고, 그녀도 그 차에 타고 대학병원 응급실로 향했다. 차 안에는 또 한 사람의 구급대원이 있었다. 환자의 상태가 심상치 않은 것을 알아챈 그분은 운전석을 향해 '사이렌! 사이렌!' 하고 다급하게 말했다. 차는 비상 사이렌을 계속 울리며 질주했다. 그 이후 엄마는 3년 동안 내내 휠체어 없이는 문밖출입을 못하시다 끝내 돌아가셨다. 무남독녀인 그녀는 엄마가 돌아가실 때까지 모든 것을 포기한 채 엄마의 병수발을 자청하여 혼자 감당했다. 가족이 단출했고 아버지의 직업이 전문직이어서 경제적 형편은 넉넉했다.

이랬던 이연하 씨가 그날 첫 퇴근길 버스에서 내려 두어 걸음 옮기다가 그만 정신을 잃고 길바닥에 쓰러졌다. 심장마비였다! 다음의 이야기는 쓰러진 곳 바로 앞 약국에 근무하는 사촌 언니로부터 그녀가 들은 이야기다.

…… 버스가 막 출발한 뒤였어. 차가 떠나고 바로 정지 신호등이 켜진 상태라 네가 내린 도로 가운데의 버스 승하차장이 약국에서도 훤히 보였어. 보행자들이 양쪽 인도에서 도로에 내려서 이미 건널목을 걷기 시작했어. 감색 양복 정장을 한 키 큰 한 젊은 남자가 그리 높지 않은 정류장 승강대로 뛰어올라 양복저고리를 벗어 바

닥에 던지고 넥타이마저 풀어 제친 후 바닥에 쓰러져 있는 스커트 차림의 여자를 반듯하게 눕히고 심폐소생술을 하기 시작했어. 여자가 쓰러져 있고…… 여기까지 아주 빨리 일어난 전경이었어. 나는 남자가 옷을 벗어 던지는 모습부터 우연히 보기 시작했어. 저기 좀 봐! 내가 동료 남성 약사 한 사람에게 말한 후, 그와 함께 약국 밖으로 나와 현장을 잠깐 바라보다 쓰러져 있는 사람이 여자인 걸 알고 뛰어 갔어.

세상에!…… 너였어! 이미 남자는 네 몸 위에서 힘차게 심폐소생술을 하고 있었고, 그 사람의 손놀림이 서툴면 그 사람을 밀쳐내고 내가 하려고 네 옆에 바싹 앉았어. 그런데 그 사람의 손놀림은 능숙했고, 나보다 훨씬 힘이 있었고, 곧이어 네 심장이 조금씩 다시 뛰기 시작하는 기미를 보였어. 그사이 나는 구급차를 호출했고…… 구급차가 도착하고 그분은 윗저고리와 넥타이를 수습하고 난 후, 내 뒤에 구급차에 올라탔어. 그때야 나는 그분에게 감사 인사를 했어. 정말 감사합니다. 제 동생이에요! 아마 동생이 저한테 오던 길이였을 겁니다. 정말 감사합니다라고. 네 호흡 상태는 거의 정상에 가까워져 있었어. 나는 그분에게 명함 한 장을 건넸고, 그분의 명함을 부탁했지. 하얀 약사 가운을 입고 있는 나를 잠시 바라본 후 건네주는 명함을 받았어.

그 날 이연하 씨는 심장 초음파검사와 심전도검사, CT, MRI 등 중요한 검사를 다 받았다.

밤 11시쯤 이연하 씨는 이상이 없다는 의사의 소견을 듣고 대학병원 응급실을 언니와 함께 걸어 나왔다. 아직 30대인데 도로상에서 심장마비 증상을 겪다니! 아버지에게 미처 연락하지 못했다는 것도 그제야 언니에게 들었다. 언니와 헤어진 후 택시를 타고 혼자 집으로 가면서 집안에 가족력이 있는지 생각해 보았지만, 그녀는 듣지 못했다. 엄마는 뇌졸중이셨으니까. 아마 엄마가 돌아가심으로 인한 심한 우울증과 스트레스, 거기에 불면증까지 있었던지라, 언니는 충분히 그쪽이 원인일 수 있다고 그녀를 안심시켜 주었다. 하지만 버스를 내리기 직전 극심했던 가슴 통증이 떠오르자 다시 우울감이 밀려왔다. 난생처음 겪어본 그 극심한 통증을 어떻게 말로 다 표현할 수 있을까! 아파트 단지 앞에서 택시를 내리자, 언니의 전화를 받으셨는지 아버지가 초조한 모습으로 서 계셨다.

이연하 씨는 일주일 뒤 퇴근하여 약국의 언니를 방문했다. 종로 뒤안길의 한정식집에서 저녁식사를 함께하며 그녀를 심폐소생술로 살려준 그 사람에 대해 자세한 이야기를 들으며 그분의 명함을 언니로부터 건네받았다.

"한번 근사한 데로 초대해서 인사해야지! 살다가 그렇게 고마운 분을 만날 수 있는 게 어디 쉽겠어?…… 내가 함께 참석해도 좋고."

이연하 씨는 언니에게서 명함을 받으며 그럼! 언니, 하고 대답했다. H 기업의 부장 직함이었다.

"나이가 많겠네?"

연하 씨는 언니에게 물었다.

"아니, 젊었어. 30대 후반에서 40대 초반으로 보였어. 키가 크고 잘생긴 미남형, 건장한 모습, 우람한 체격은 아니고, 밝은 감색 정장에 넥타이를 곱게 맨 고상한 품격, 대충 이런 사람이었어."

언니가 그 사람의 모습을 더듬듯 천천히 말했다. 이연하 씨는 식사가 나오기 전이라 명함을 보며 전화를 했다.

"벌써?"

언니가 물었다.

"응, 언니."

아무리 고마운 분이라 해도 이연하 씨는 전연 기억에 없는 남자에게, 그쪽 역시 자신의 목소리를 처음 듣는 편이라, 자칫 설명이 구차해지고 길어지면 본래의 고마움이 어색하게 전달될 수 있을 것 같았고, 그렇게 되면 바로 언니에게 전화를 넘길 생각이었다. 신호가 갈 뿐 전화를 받지 않았다. 식사가 끝나갈 즈음 그 번호에서 전화가 왔다.

"그 사람 전화야! 언니."

그녀는 전화를 언니에게 얼른 넘겼다. 언니는 이쪽의 신분과 몇 마디 감사의 인사를 건네고, 하고 싶은 말을 차분한 말솜씨로 한 뒤 장소의 선택권을 그쪽에 넘겼다. 돌아오는 토요일 정오 장충동 S 호텔 라운지…… 3일 후였다.

"가능하면 저도 합석을 하겠지만, 함께 하지 못할 수도 있습니다. 안녕히 계세요."

언니는 전화를 끊었다.

"어쩌라고! 나만 가라고? 초면인데?"

"물론 혼자 가! 네 가슴에 억센 두 손을 얹고 2~3분 넘게 그야 말로 힘껏 네 가슴을 눌러가며 소생술을 해줬던 분이야. 엄격히 말하자면 초면이 아니지. 네가 눈을 감고 있었다는 것 말고는."

그녀는 그렇게 그 사람, 주형진 씨를 처음 만났다.

호텔에서 식사를 마치고 자리를 옮겨 커피를 마신 후, 두 사람은 천천히 걸어 나와 장충단 공원길을 걸었다. 5월의 태양이 곧게 뻗은 나무들 사이를 뚫고 대지에 따스함을 안겨주고 있었다. 두 사람은 함께 벤치에 앉았다. 주형진 씨는 잠깐 이연하 씨의 옆모습을 바라보았다. 그녀도 수줍게 그 사람의 얼굴을 돌아보았다.

"앞으로 저는 저의 삶에 대한 의미를 지나온 세월과는 다르다고 생각하며 살아가게 될 것 같아요. 선생님 덕분에 꺼지던 제 생명을 다시 세웠으니까요."

그녀가 말했다.

"본인의 생명력이 충분히 남아 있었기 때문이죠. 나는 누구도 한 사람의 생명을 연장해 줄 수 있다고는 생각하지 않아요. 내 기본적 생각이 그래요."

주형진 씨의 목소리는 맑고 조용하며 평화로웠다.

"소생술이 무척 능숙하셨다는데…… 약국에서 밖으로 나와 쓰러져 있는 사람이 처음 저인지도 모르고, 소생술 시술자가 서툴면 가차 없이 옆으로 밀어내고 언니가 달려들려고 차도를 건너 뛰어왔는데, 선생님의 손놀림이 전문가 수준임을 알아차리고 대신 119에 전화를 했다더군요."

"군에 입대하여 군의학교를 졸업하고 야전병원에서 주로 응급처치 의무병으로 복무하다 제대했어요. 20년 가까운 세월이 흐른 뒤, 그날이 처음이었어요. 녹슬지 않은 것 같아 소생술을 하면서도 여간 다행이라 생각했고, 그러다가 얼른 환자의 심장박동 여부에 다시 신경을 집중했죠."

두 사람은 다시 길을 건너 태극당에서 5시 가까이 함께 보냈다. 그녀는 헤어지면서 그 사람, 주형진 씨에게 이렇게 말했다.

"선생님 내외분 시간을 뺏지 않는 범위 내에서 자주 뵙고 싶어요. 전화나 문자를 보내도 될까요?"

"그런 염려는 안 해도 됩니다. 마음 놓고 연락 주세요."

밖으로 나온 두 사람은 가벼운 목례를 교환한 후 헤어졌다.

주형진 씨는 동대 입구 지하철역 쪽으로 걸어가는 이연하 씨를 잠시 바라본 후, 길을 건너 '족발 원조집'이란 간판이 붙어 있는 집으로 갔다. 1년 전 아내와 이혼하기 전까지는 1년에 서너 번, 족발 먹기를 유난히 좋아하던 아내를 위해 그 집에 족발을 사러 갔다. 3만 8천 원짜리 족발 두 개를 포장하여 그는 부모님 집으로 향했다.

금년 중학교에 입학한 아들을 아내의 불륜으로 이혼한 후부터 줄곧 부모님이 돌봐주고 계셨다. 아들은 엄마가 집을 떠나가고부터 말이 없는 아이로 변해갔다. 아내에게 집을 떠나 줄 것을 직접 말했던 사람은 자신이었다. 가끔 아들에게 미안한 마음이 들 때면 가슴이 아팠다. 하지만 아내의 불륜을 증명하는 사진과 영상을 받아 본 순간의 충격과 배신감은 꽤 세월이 흐른 지금도 생각하면 격분과 비참한 심정에 휩싸임을 어쩔 수 없었다.

주형진 씨의 막내 이모는 조카인 자신보다 5살 위로 정신과병원 원장이다. 두 사람은 마치 오누이처럼 다정했다. 1년 전 그날 퇴근하여 지하 3층 주차장에 내려가 세워둔 차에 올라 회전목마와 같은 굽잇길을 돌고 돌아 막 도로에 올라왔을 때 이모로부터 메시지가 왔다. 이모임을 확인하고 전화기를 주머니에 넣으려다 너는 왜 전화를 바로바로 안 받냐?, 하는 핀잔을 들은 적이 있던 지라, 무슨 일인가? 싶어 도로 갓길에 잠시 차를 세운 후 문자를 열어보았다.

뭐야? 이게!……

주형진 씨의 몸은 순간 바싹 긴장되었다. 몇 장의 사진과 영상이 있었다. 첫 사진은 숄더백을 오른쪽 어깨에 멘 아내가 웬 낯선 남자와 앞쪽에 모텔이 분명한 건물을 향해 걸어가고 있었다. 그 다음 사진은 모텔에서 나온 두 사람이 행복한 모습으로 손을 잡고 길가에서 택시를 잡는 모습이었다. 차는 어디에 두고? 주형진 씨는 잠시 아내의 차를 생각했다.

그다음 영상을 보는 순간, 그는 얼어붙었다. 그의 오른쪽 귀밑한곳이 날카로운 송곳에 찔린 듯이 아파왔다. 2미터 정도의 거리를 두고 영상에 담긴 모습들은 언뜻 보기에는 크나큰 혐오감까지는 주지 않았다. 사진 속의 사람은 아내였다. 침대 위에 눈을 감고 반듯이 누워있던 모습에서 두 손을 얼굴에 얹고 있었고, 이내 돌아누우며 두 무릎을 깊이 끌어당겨 엎드리고 있다. 이 모습들, 렌즈를 의식하며 포즈를 취한 것일까? 그렇지 않은 것 같기도 했다. 하지만, 이게 무엇인가! 영상은 거기에서 끝이 났다.

주형진 씨의 이마에선 굵은 땀방울이 뚝뚝 떨어지고 있었다. 가슴이 요동쳤을 텐데도 그의 귓전엔 숨소리조차 들려오지 않았다. 귀밑머리 통증이 가슴으로 내려가고 있었다. 시간이 얼마나 지났을까? 그는 가까스로 깊게 숨을 내쉬었다. 그러고 나서 운전대에 두 팔을 포개 놓고 이마를 대고 있기를 30분은 족히 되었으리라.

"이모야? 나 형진인데…… 나한테 보낸 것들이 뭐야!"

"어디냐? 나 지금 퇴근 준비 다 마쳤는데."

이모의 목소리는 평소와 달랐다. 낮게 가라앉아 있었다.

"퇴근하려고 회사 주차장에서 도로 위에 올라섰을 때 이모 메시지가 왔어. 길가에 차를 세운 채, 그대로 차 안에 있어. 누구에게서 이 사진들을 받았어?……"

그는 지하 주차장으로 다시 내려가 차를 주차해 놓고 택시를 타고 이모의 병원으로 갔다. 운전을 할 수 없을 것 같아서였다. 병원에 들어와 진료실을 노크하고 문을 열고 들어가자, 이모는 혼자 진료실 책상에 앉아 있었다. 이모는 자리에서 일어나지도 않았고, 평소의 모습과 달라보였다. 들어서는 조카를 마치 이방인이나 되는 듯이 멍한 눈빛으로 바라보았다. 주형진 씨는 그렇게 느꼈다. 그도 그렇게 이모를 바라보았으리라.

"앉아라!"

이모의 목소리가 그의 귀에 흡사 메아리처럼 들렸다. 그렇지 않았겠지만, 몇 초가 지난 뒤에야 이모의 목소리가 들린 듯했다.

"앉아."

이모가 다시 말했다. 그제야 주형진 씨는 이모를 마주 보고 앉았고, 아무 말도 건네지 않았다. 또 얼마간의 정적이 흘렀다.

"놀랐지!"

"……"

마치 갑자기 메케한 연기를 마신 듯 이모의 목소리는 작았지만 칼칼했다. 주형진 씨는 여전히 아무런 대꾸도 하지 못했다. 그럴 기운이 없었다. 오른손 검지의 손톱 끝을 이빨 사이에 넣고 긴장된 모습으로 이모를 바라보았다. 생각에 잠기거나 조심스러울 때면 자신도 모르게 하는 버릇이었다. 이 버릇 때문에 어머니에게 점잖은 모습이 아니라고 꾸중을 들은 적이 있다. 또 얼마나 지났을까?

"어디서 사진과 영상들을 받았어?"

"그게 중요한 게 아니야! 지금쯤 네 아내 퇴근했을까?"

"몰라……."

"전화해 볼래?"

"전화할 기운도 없고, 목소리 듣고 싶지 않아."

결국 이모가 조카의 아내, 강민주 씨에게 전화했다. 강민주 씨는 9시 넘어 퇴근하여 집으로 갈 것 같다고 대답하는 것 같았다.

"왜요? 이모?"

수화기 저쪽에서 강민주 씨가 물었다. 그녀의 목소리는 평소와 별반 다름이 없었다. 이모는 일반 전화기의 수화기를 조카에게 내밀었고, 그는 수화기를 받지 않고 아내의 목소리를 들을 수 있었다.

"알았어. 다시 전화하자."

이모가 전화를 끊었다.

"식사하며 얘기하자. 중국요리가 먹고 싶은데, 탕수육에 만두 시킬게."

주형진 씨는 고개를 끄덕였다. 식사가 끝나고 이모는 조카의 아내인 강민주 씨가 저지른 불륜이란 기막힌 사건의 전말을 알게 된 이야기를 천천히 말하기 시작했다.

"내가 그렇게 사실을 알게 되었어!"

강민주 씨가 만나고 있는 불륜상대 남자의 부인이 이모에게 그 영상과 사진들을 넘겨준 것이었다. 초등학교 교사인 부인은 1년 전쯤 유별난 한 학부모로부터 아이들 앞에서 어처구니없는 공개적 폭언을 당하고도, 교사란 신분 때문에 제대로 대항을 하지 못하였다. 그로인한 충격이 너무 컸던 탓에. 심한 우울증에 시달리게 되어 이모의 정신과 병원에서 치료를 받았던 환자였다.

사진 사건은 이날 오전 병원에서 따로 있은 일이었다. 그 교사는 얼마 전, 남편의 외도실상 영상을 우연히 수중에 넣게 되었다고 했다. 교사는 집안일에 대단히 엄격하신, 꽤 큰 교회의 수석 장로이신 시아버지에게 그 사실을 알렸으나, 어처구니없게도 오히려 질책성 꾸중을 들었다고 했다. 그때는 차마 증거들은 보일 수 없었다고 했다.

네 남편은 교회 성가대 지휘자야. 지금 교회에서 모범을 보이고 있잖아! 내가 주일예배 때마다 직접 보고 있다. 애비인 내가 은혜를 받고 고마워하고 있어. 이젠 네가 친정 부모님이 믿고 계시는 다른 종교 때문이겠지만. 종교자유 운운하는 말, 그만 거두고 아이들을 위해서라도 네 남편과 함께 교회에 나와! 알겠냐? 당최 네 남편에 대해 그런 오해는 갖지 마라, 라는 꾸중 섞인 훈계를 들었다고 했다. 이렇게 되니 괴로움이 더해졌고, 그래서 이게 아니다 싶어, 사람을 사서 직접 남편의 뒷조사를 하기 시작했다고 했다. 확실한 증거를 잡았다. 그로 인해 교사는 과거보다 더한 정신적 고통을 겪게 되었고 배신감까지 더해져 치료와 조언을 듣기 위해 이모의 병원을 다시 찾았던 것이다. 교사는 남편과 이혼할 것이라고 말했다.

"남편이란 작자가 글쎄 이런 행위들을 했어요!"

교사는 자신의 전화기에서 메일을 열어 사진과 영상을 의사에게 보였다. 순간 의사의 충격은 말할 수 없이 컸다.

사진 속의 사람이 누구인가! 조카의 아내인 강민주가 아닌가! 세상에 이럴 수가!…… 그때 교사가 갑자기 구역질을 하기 시작했다. 구토증세로 이어질 것 같았던지 교사는 손수건을 입에 대고 황급히 진료실 밖으로 나갔다. 얼마 후 교사가 돌아왔다.

"정신과 의사로 외도와 불륜 심리상담을 겸하고 있으면서 여자의 내밀한 불륜 실상이 담긴 사진과 영상은 처음 보는지라 관심이 많이 가는군요…… 좀 넘겨받아 볼 수 있을까요?"

이모가 영상과 사진들을 들여다보며 아주 조심스럽게 교사에게 말을 건넸다.

"어려우시면 관두세요."

"아니요. 어려울 거 없어요. 이혼이 성립될 때까지 제 쪽에 유리한 증거들이라 저장하고 있을 뿐이지, 그것만 아니라면 제 전화기에 담겨있는 것 자체가 역겹기 그지없어요. 장면들을 생각하면 치가 떨려요. 어서 모두 지워 없애버리고 싶은 것들이에요."

교사가 말했다. 그때 병원의 전화벨이 울렸다. 잘못 걸려 온 전화였다. 교사는 돌아갔다. 그렇게 이모는 그것들을 얻게 된 것이었다.

"설마 내가 자기 남편 상간녀의 이모 쪽이 되리라곤 꿈에도 생각하지 못했을 것이고, 나 역시 이런 일을 겪게 되리라곤 상상하지 못했지…… 세상이 좁기도, 참!"

이모가 말했다.

"말로는 다할 수 없는 충격을 받았겠네! 이모."

주형진 씨는 이모가 보내준 메시지를 다시 열고 사진들을 바라보며 이 말밖에 할 수 없었다.

"그게 오늘 오후 2시쯤이었어."

이모가 말했다.

이모의 병원 밖에서 이모와 헤어진 주형진 씨는 친구와 가끔 가는 바로 갔다. 밤 9시가 지나면서부터 아내 강민주 씨로부터 계속 전화가 걸려왔고 메시지가 왔지만, 주형진 씨는 전화를 받지 않고 무시했다. 12시가 넘어 집에 들어갔다. 아내는 자지 않고 남편을 기다리고 있었다. 아내가 건네 오는 말에 그는 일체 대꾸하지 않았다. 얼굴을 바라보지도 않았다. 그는 어떻게 대처해야 할지 여전히 방향 감각을 찾지 못하고 있었다.

내 아내가 바람을 피우다니! 불륜문제에 관해서라면 세상의 그런 여자들과 내 아내는 근본부터 다른 사람이라고 그는 언제부터인가 자부심에 가까운 생각을 가지고 있었다. 그도 아내도 그들은 서로를 사랑했으며 사랑의 표현에도 인색하지 않았다. 그들은 결혼 첫날부터 다정하게 여보라고 불렀다. 아내는 세상에 흔해빠진 오빠라는 말은 한 번도 쓰지 않았다. 그런 아내가 바람을 피우다니!…… 그는 도무지 실감이 나지 않았다. 그들 부부의 사랑은 집안에서도 남다르다고 부러움을 샀고, 출가한 딸이 3명인 처가에서도 만족해하셨다.

주형진 씨가 아내를 처음 만난 것은 대학재학 중에 군에 입대하여 제대한 후 복학하여 같은 회계학과 강의실에서였다. 1년을 함께 공부하고 같은 해 함께 졸업했다. 3월 학기 초에 복학한 다음 달부터 주형진 씨는 자신을 바라보는 강민주 씨의 시선이 어딘지 좀 다르다는 느낌을 약간 받기 시작했다. 같은 과 여학생이 10여 명 정도 되었다. 사실 주형진 씨는 대학 시절은 물론이고 고등학교 때도 여학생에게 먼저 말을 거는 성격은 아니었다. 자존심이 강해서도, 그렇게 내성적인 성격도 아니었지만, 상대가 어떤 여성이든 그는 먼저 말을 걸고 싶지 않았다. 성격이 그런 건데, 하고 그는 자신을 가끔 다독였다. 강의실 안에서 강민주 씨는 차츰 주형진 씨 가까운 자리에 앉았고, 어느새 그의 옆에 앉으며 안녕하세요. 하고 인사하기 시작했다. 학번이 3년 선배이니 인사 받을만했다. 그러던 그들은 대학 구내식당에서 함께 식사하는 사이가 되었고, 다음 수강 시간이 두어 시간 뒤일 때에는 구내 커피숍에서 잡다한 이야기를 나누며 시간을 보냈다. 여름방학 동안에는 밖에서 만나 영화관에도 갔으며, 학교 도서관에서 함께 공부하고, 어떤 때는 강민주 씨 아파트 근처까지 바래다주는 사이가 되었다. 졸업 후 강민주 씨는 유수한 회계법인에, 주형진 씨는 대기업 쪽을 택했다. 둘 다 회계사 자격증을 취득했다. 사회인이 되고부터 두 사람은 공개적 연인 사이가 되었다. 1년이 지나고부터 결혼 이야기를 하기 시작했고, 1년을 더 보낸 후 그들은 결혼했다. 결혼 첫해에 아내는 임신했고, 아들을 낳았다. 주형진 씨는 몇 년 동안은 신혼 기분으로 둘만의 생활을 즐기자고 했지만 아내는 출산을 선택했다. 말을 듣지 않았다. 그리고 바로 둘째 아이를 갖고 싶어 했지만 이제 그가 적극 만류했다. 당신의 예쁜 몸이 망가질 수 있는데, 왜 또 아이를 갖고 싶냐고 하자, 첫애가 자기를 많이 닮은 것 같으니 이제 당신을 꼭 닮은 딸을 갖고 싶다고 했다. 욕심 같아서는 남편을 빼닮은 아이들을 다섯까지 낳고 싶다고. 그렇게 말하는 아내를 그는 정말 사랑하는 마음으로 오래도록 포근히 안아주었고, 그날 밤 그들은 어느 날 보다 행복하게 보냈다. 주형진 씨에게 아내는 그런 사람이었다. 아내 또한 남편을 그렇게 생각하고 있는 것을 확신하며 10년 넘게 행복한 부부생활을 해왔다. 그는 아내를 퍽 사랑한다고 자부하고 있었다. 아내와의 잠자리도 자신감을 갖고 있었다. 남들이 자신을 평하기를 선뜻 말을 붙이기가 쉽지 않은 타입의 남자라는 말을 들어본 적이 있기에 순진해 보이는 아내가 나이도 3살이나 위인 그에게 살금살금 다가와 보일듯 말듯 미소를 머금고 조심스럽게 말을 건네오던 생각을 하면 그때가 엊그제인 듯 그의 입가에 웃음이 번지곤 하였다. 저 사람의 어디에 그런 용기가 있을까? 아내의 그때 행동을 그는 단순히 자신에 대한 프러포즈라고 치부하고 싶지 않았다. 당신 옆에서 금생의 인생이 끝날 때까지 함께 걸어가고 싶은데 받아 주시겠어요? 그때의 아내를 이렇게 보고 받아들였던 것이다. 아니, 두 팔을 벌려 안았다고 생각한다. 아내도 비슷한 뜻으로 그에게 표현했다. 기억에 남는 말로, 당신 곁을 영원히 떠나지 않을 거예요. 어느 쪽의 죽음이 당신과 나를 갈라놓기 전까지는…… 이 말이 그런 뜻이 아닌가?

그랬던 아내가 지금 바람을 피우고 있다! 참으로 기막힌 일이다. 무엇이 어떻게 잘못되어 내 아내가 이렇게 되었을까? 혹시 내 쪽에 그 원인이 있다면?…… 이 화두를 붙들고 차 속에서 1시간 이상을 매달려 보았지만, 그는 찾지 못했다. 그렇다면 아내의 깊숙한 내면 어느 한구석에 정욕의 불길이 도사리고 있었나? 그건 그가 모를 일이었다. 아니! 아내의 마음속에 그런 배신의 씨앗이 자라고 있었다면 내가 모를 리 없어. 10년 이상을 함께 살아왔는데. 상대를 말없이 바라보는, 상대가 눈치채지 않게 바라보는 자기 눈의 촉수에 생각이 미치자, 주형진 씨는 고개를 세차게 흔들었다. 그렇다면 뭔가?…… 아내는 지금 한 남자와 불륜의 밀월을 즐겨왔지 않는가! 도대체 무엇이 원인이 되었을까! 지난 몇 개월 동안 집안 살림에서 아내는 여전히 아무런 변화 없이 한결같았다. 시부모에 대한 효성은 물론이고 아들의 학교생활에도 빈틈없이 엄마로서 관심을 가져왔다. 어디 그뿐인가. 남편의 양말 한 켤레, 넥타이, 깨끗한 셔츠를 출근 전 아침마다 안방 소파 탁자 위에 빠짐없이 준비해 주었고, 양복도 세탁소에 맡길 시기를 놓치지 않았다. 그날 아침까지 그런 아내였다.

그의 아내는 약간 갸름한 고전미 풍기는 얼굴에 백인 여성이 힐굿 바라볼 정도로 하얀 피부색, 키 168센티미터, 56킬로그램의 체중, 머리칼은 엷고 밝은 브라운색에 약간 곱슬이라 보기가 좋았다. 흠 잡을 데라곤 한 군데도 없는 아내다. 마지막 말은 어머니가 아들 주형진 씨에게 몇 번 하신 말씀이다. 세상을 다 준다 해도 바꾸고 싶지 않은 아내였는데!…… 안방에 들어와 침대에 앉자, 그때부터 다시 분노의 불꽃이 솟구쳐 올라오기 시작했다. 아내가 방문을 열고 문턱을 넘지 않은 채 남편을 바라보고 서 있었다. 주형진 씨는 즉시 침대 머리로 고개를 돌렸다. 심하게 달라져 있을 자신의 눈빛을 아직은 저 여자에게 보여주고 싶지 않았다. 그리고 저 여자에게 첫마디를 무슨 말로 쏟아내야 할지 도무지 생각이 떠오르지 않았다.

"왜 그래 여보? 무슨 일 있었어, 밖에서?…… 무슨 일이야?"

아내가 물었다.

"들어오지 마! 문 닫아!"

그때 아내의 전화에 진동이 울렸는지 재킷 주머니 안에서 전화기를 꺼내보기 시작했다. 조금 뒤 주형진 씨의 전화도 진동이 울려 꺼내보니 이모가 보낸 메시지가 와 있었다.

'바로 조금 전 네 아내에게 그 사진과 영상을 모두 보냈다!'

더 이상 얘기는 없었다. 주형진 씨는 멋대로 환상 속에서 하던 생각들을 멈추고 현실로 돌아왔다.

용서할 수 없어! 절대로! 절대로!

벽에 걸려 있는 시계를 보니 새벽 3시였다. 이모도 이 시간까지 잠을 자지 못하고 있었다는 건가? 서랍에서 꺼내 마신 양주병이 탁자 위에 반쯤 비었다. 얼마가 지난 후, 갈증이 밀려와 냉장고의 생수병을 가지러 문을 열고 거실로 나가자, 아내가 바닥에 앉아 긴 가죽 소파에 엎드려 있다가 남편 쪽으로 고개를 돌렸다. 얼마를 울었는지 두 눈이 거의 보이지 않을 정도로 퉁퉁 부어있는 듯했다.

소리 없이 우는 기술도 가지고 있는 모양이군! 분노와 조소가 섞인 얼굴로 아내를 쏘아보며 주방으로 갔다. 아내는 일어나 남편 쪽으로 돌아섰다. 서로 한마디 말도 건네지 않은 채 냉장고를 여닫는 소리가 조용한 실내의 정적을 깨트렸다.

"얘기 좀 해요! 여보. 미안해요. 죽을죄를 졌어. 내가 미쳤었나 봐요."

주형진 씨는 그 자리에 멈춰 서 아내를 주시했다.

"용서해 줘요! 정말 잘못 했어요! 내 정신이 아니었어요! 당신을 두고 내가 어떻게 그런 짓을 했는지 모르겠어요!"

"누구야 그 사람! 어디서 만난 사람이야!"

"……"

"교회 성가대에서…… 성가대 지휘자예요."

아내가 말했다. 그동안 그들 부부는 종교를 갖지 않았다. 6개월 전쯤부터, 아내는 고등학교 동창의 부탁으로 동창이 다니는 교회 성가대에 나가고 있었다. 그 동창은 피아노 반주를 하고 있다. 강민주 씨가 여학교 시절 음대 성악과에 지망할까를 고민했던 것을 잘 알고 있는 친구였다. 민주 씨는 선천적으로 노래를 잘 불렀다.

"3개월만 부탁하자! 소프라노 파트가 관상동맥이 거의 막혀 새로운 혈관을 이어주는 중대한 수술을 급히 해야 돼서, 1차 회복기까지 3개월은 걸린다는구나. 그때까지만 봐주면 돼."

친구는 말했다. 3개월이라고? 일주일에 한 번 나가는 것이니, 12일 남짓 되는 것이라, 민주 씨는 거절하지 못했다. 주형진 씨는 그 사실을 잘 알고 있었다.

"여성 성가대원만도 20명은 넘는 것 같던데! 어떻게 따로 만났어?……"

그는 딱 한 번 아내를 따라가 본 적이 있었다.

"…… 한날 갑자기 성가대가 없는 2부 예배에서 그 사람과 내가 혼성 듀엣으로 찬송가 두 곡을 불러야 했어요. 그래서 1부 예배가 끝난 뒤 잠깐 둘이 따로 연습을 해야 했고, 그렇게 시작된 것이……."

강민주 씨가 말했다.

"직업이 뭣 하는 작자야? 가정이 있는 유부남이겠군!"

"……"

"…… 원래는 희곡 작가였다는데, 지금은 프리랜서처럼 몇 군데 영화사의 시나리오 각색을 맡아 하는…… 가정이 있는 사람이고……."

아내는 눈길을 비스듬히 돌린 채, 약간 더듬거리며 말했다. 그녀는 어느새 그의 앞 저만치에 무릎을 꿇고 있었다.

"잘못했어요! 여보. 한 번만 용서해줘요! 우리 영재를 봐서라도. 이렇게 빌게요!"

아내는 두 손 모아 싹싹 빌기 시작했다. 아내의 말과 동작이 그의 눈과 귀에 들어오지 않았다. 대신 갑자기 머릿속에 꼭 1년 전 이맘때 친한 회사동료 한 사람이 아내의 불륜을 발견하고 그에게 도움을 청한 일이 떠올랐다. 그때 그는 불륜 문제 처리에 대해 아는 것이 아무것도 없었다. 그래서 이혼 문제를 전문으로 하는 친구의 변호사사무실에 안내했고, 그 후 불륜 증거를 모아 소송서류를 작성할 때 또 동행해 주고, 소송이 진행되는 상황을 동료로부터 자주 들었다. 그 이혼소송은 9개월이 걸렸고 동료는 승소했다.

이 여자를 어떻게 해야 하나! 내 쪽과, 처가 쪽, 양쪽에 용서 못할 사실을 어디까지 알려줘야 될까? 내 마음이 결정될 때까지 우선 이모에게 비밀 유지를 부탁해야겠다. 이 여자와 함께 살아간다는 건 있을 수 없다! 이미 깊게 상처받은 그의 자존심이지만, 그를 아는 주변에서 알게 될 것이 두려웠다. 어떻게든 숫자와 범위를 줄이고 싶었다. 그의 잘못이 아닌데도 어디선가 그에게 준엄하게 명령해 오는 듯했다. 이제부터 이성적으로 절대 조용히 저 여자의 문제를 처리해 가야 한다. 망신이 넓게 알려져서는 안 돼.

어머니! 어쩌죠? 이 문제를…… 영재야! 엄마를 어디까지 어떻게 벌해야 될까?

그는 아내 곁을 지나 방안으로 다시 들어갔다. 아내는 따라 들어오지 않았다. 시간이 4시를 넘어가고 있었다. 이모와 이마를 맞대는 수밖에 없다. 이모를 생각하자, 분노가 조금 가라앉는 듯했다. 깊은숨을 쉬고 나서 양주를 빈 술잔에 가득 부어 단숨에 마신 후, 입은 채 침대 위로 벌렁 누웠다. 눈을 감자, 아련하게 푸른 하늘 위로 흰 구름 몇 점이 꿈속처럼 흘러가고 있었다. 한순간에 인생의 모든 것이 자신과 한마디 상의도 없이 저 구름 조각처럼 허무하게 멀어져가고 있었다. 방문 밖에서 조용히 문을 노크하는 소리가 들렸지만, 그는 일어나지 않았다. 그 후 눈을 떠보니 7시였다. 거실로 나가자, 아들이 세수를 마친 모습으로 아빠를 힐긋 바라본 후 제 방으로 들어갔다. 주방에서 등을 보인 아내가 무엇을 튀기는지, 기름 튀는 소리가 들렸고, 식탁에는 밥그릇 세 개에 밥이 담겨 있고, 몇 가지 반찬 그릇이 가지런히 놓여 있었다. 주형진 씨는 다시 방으로 돌아왔다. 세수는 회사 근처 사우나에서 할 요량으로 양복과 셔츠를 갈아입고 다시 나오자, 아들 녀석은 벌써 밥을 먹고 학교에 갔는지 밥그릇 한 개가 비어있고, 아내는 싱크대를 등지고 탁자에 앉아 있었다. 남편을 보자 아내가 일어섰다.

"식사하고 출근해요."

아내가 말했다.

"그 모습으로 영재 옆에 앉아 있었어?"

정면에서 보니 아내의 두 눈이 충혈된 채 평소의 모습은 간곳이 없었다.

"아니, 안질이 생겨 눈이 가려워 심하게 비볐고, 그래서 잠을 설쳤다고 했어요, 오늘 치료 받을 거라고. 그런 줄 알고 학교에 갔어요."

"일주일 시간 줄게, 집을 나가 줘. 영재에겐 아무 말도 하지 말고! 결국 다 알게 되겠지만, 아직은."

"용서해 줘요. 다시는 그런 일 없을 거야. 정말 부탁해요."

벌써 울먹이는 소리에 주형진 씨는 고개를 돌렸다. 손목시계를 보았다.

"불륜은 용서의 대상이 아니란 걸 모르고 그런 짓거리 했어? 그 작자에게 변호사를 통해 위자료 청구 소송할 거니까 법원소장 받을 주소 오늘 중으로 문자로 보내. 당신에게도 같은 날 소장 갈 거고. 당신 것은 당신 회사로 보내지게 할게."

그는 돌아서 출입문을 나섰다.

남편이 나간 뒤 강민주 씨는 이상하리만치 침착해졌다. 간밤에 용서를 빌 때와 같은 얘기를 조금 전 했는데도, 이제는 초조함과 함께 나타나던 가슴속 울렁거림이 느껴지지 않는다는 것을 알고 스스로도 놀라고 있었다. 남편이 절대 용서하지 않을 것임이 확인되어 될 대로 되라고 앞일을 포기하여 일어난 현상만은 아닌 것 같았다. 그녀는 양턱을 두 손에 받히고 고개를 떨구었다.

불륜은 정확히 4개월 동안 해왔다. 성가대의 일을 마치고 서울 시내의 모텔에서 2시간 정도만 남자와 함께 있은 탓에 비밀이 잘 유지돼 왔다. 그래서 넉넉히 시장이나 마트에서 장을 보고 저녁 시간 전에 집에 도착하여 집안일과 저녁식사를 준비해 왔으니 남편이 집에 있는 날도 아내의 불륜 행각을 눈치챌 수 없었다. 강민주 씨는 그 남자와 전화나 문자 카톡 등은 일체 주고받지 않았다. 그렇게 하기로 약속한 건 아니었지만 남자도 그렇게 이행해 주었다. 오직 일요일 오전 성가대에서 만났고 그 뒤 조용히 2시간 동안만.

강민주 씨는 남자의 옆에서도 남편을 생각했다. 몹시 미안하고 남편이 이런 사실을 알기 전에 용서를 빌고 싶은 마음이었다. 그러나 첫 달 4번의 밀회를 갖고 나서부터는 자신의 마음속에 불안이나 두렵다는 생각이 점차 사라져가고 있는 것을 느낄 수 있었다. 남자와 헤어져 마트에서 장을 보고 집에 돌아와 옷을 갈아입고 요리를 할 때도 그랬다. 자신을 불안이나 두려움에 밀어 넣고 있지 않았다. 이상했다. 이해가 되지 않았다. 남편을 여전히 사랑하고 내 남편만 한 사람이 드물다는 자부심도 여전히 갖고 있었다. 그녀는 남편과의 잠자리도 불만의 늪에 빠져 있지 않았다. 남편의 모든 면이 고맙고 행복했다. 그런데도 그 남자를 여전히 만나고 있다니! 잠자리가 달라서?…… 자신의 솔직한 심정이 어느 쪽에 있는지 분간이 어려웠다. 여전히 남편의 요구를 한 번도 거절하지 않고, 자신이 먼저 다가가는 것도 절반 정도는 되었고, 남편의 귓전에 사랑한다는 속삭임을 인색하지 않게 쏟아내고 있었다.

그렇다면 이게 무엇인가! 강민주 씨는 이 문제를 이제 더 깊게 더 자주 생각해 보지 않을 수 없었다. 그 사람은 자신을 듣기 좋은 리듬에 맞춰주는 곳도, 능숙한 요리사와 같이 군침이 돌게 해주는 것도, 잠자리의 테크닉에 흠뻑 빠져들게 해주는 남자도 아니었다. 분명 소녀의 마음처럼 그 남자를 사랑하고 있는 것은 더욱 아니었다. 그런데도 그녀는 앞으로 그와의 관계를 어떻게 해 갈지에 아직은 분명한 선을 긋지 못하고 있었다. 그녀는 지금까지 자신이 미처 알지 못하고 있던, 또 다른 내가 내 안에 있는 것은 아닐까? 생각해 보기도 했다.

이틀이 지났다. 강민주 씨는 회사에 연가를 신청했고, 남편은 며칠째 들어오지 않았다. 아무런 연락이 없고, 먼저 한번 전화해 볼까 하다가 받지 않을 것 같아 그만두었다. 아직 정든 이 집을 떠날 아무런 준비도 하지 않고 있었다. 앞으로 이틀이 남아 있군. 화장대 거울 앞에 서보니 얼굴 모습은 예전으로 거의 돌아와 있었다. 낯익은 이 얼굴을 보고 남편이 돌아와 주었으면 하는 생각이 들었다. 무릎을 꿇고 질질 끌려가면서 끈질기게 매달리고 빌어볼까?

그날 밤 남편의 이모가 보내온 자신의 불륜 사진과 영상이 떠오르자, 그녀는 후다닥 낯을 붉히며 생각들을 접었다. 모텔을 드나드는 우리 두 사람을 누가 찍었겠지— 아마 그 사람 부인이 흥신소에 부탁해 찍었겠지— 나머지 영상들에 생각이 미치자 덜컥 겁이 났다. 그 사람은 그 영상들을 강민주 씨에게 보여주지 않았고, 그 남자에게 포즈를 취해준 기억이 없었다. 그녀는 모르는 일이었다.

그렇다 해도 그게 어떻게 이모의 수중에 들어가 나에게 보내졌을까? 도저히 이해할 수 없었다. 그 사람에게 물어볼 수밖에. 영상에 대해서는 그 사람이 책임져야지! 남자에게 불쾌감이 솟구쳐 올라왔다. 몹시 기분이 나빴다. 혹시 그 사람이 감춰놓은 영상을 부인이 찾아낸 것은 아닐까? 싶기도 했다. 어쨌든 알았다면 문자든, 전화든 내게 알려왔을 텐데, 아직 아무런 연락도 받지 못했다. 내가 먼저 물어볼 수밖에.

강민주 씨는 밥그릇을 보고 몇 수저 떠먹기 시작했다. 커피를 짙게 타 마시며 생각하기 시작 했다. 위자료 청구 소송인가? 이혼소송이라고는 말하지 않았잖아. 위자료 통상액수라면 내가 직접 줘도 되잖아? 굳이…… 아니, 내가 이혼 사유 유책자임을 오래 남겨두기 위해서는 판결문을 받아두는 것이 필요할 수도 있겠지. 여기까지 생각을 하다 멈칫 고개를 들었다. 아이가 하나뿐인데 나로 인해 문제의 가정이 되면 아이가 겪게 될 정서적 시련이 심각하게 와닿지 않는 것이 이해할 수 없었다. 이 순간에도 아들을 사랑하는 마음이 여전함에도. 다시 뜨겁게 탄 커피잔을 앞에 내려놓았다. 친정 부모님의 아파트가 떠올랐다. 옮겨가야 할 내 짐이 얼마나 될까? 결혼한 이래로 내내 이 아파트에서만 살아왔으니 짐작이 되지 않았다.

* * *

사우나에서 간단히 몸을 씻고 양치질을 하고 사무실에 들어와 책상에 앉은 주형진 씨는 옆 방 동료를 생각하기 시작했다. 아내와 이혼을 하고 1년이 지난 동료는 재혼 문제는 생각하지 않고 있다고 했다. 여자! 이제 누구도 믿을 수 없어. 그가 무거운 입으로 내뱉듯이 한 말이다. 그는 당하고 보니 세상 여자들이 다 뭣해도 내 아내만은, 이라고 생각해 온 자신이 정말 바보 같이 느껴진다고 말했다. 아내의 배신, 그것도 불륜 배신 가능성을 예측하기란 불가능한 것 같다고도 했다.

내 아내는 정말 여성스러웠고 얌전했어. 조부 때부터 선생님 집안이셨으니 할 말 없지. 주형진 씨는 이 생각을 하면서 머리가 약간 멍청해졌다. 도대체 어디에서 불륜을 배웠을까? 지금 자신이 아내의 불륜으로 정신세계가 박살나고 있다. 사무실에서 첫날 하루를 어떻게 보냈는지 알 수 없었다. 그는 일어나 모텔방 냉장고

안의 캔맥주 두 개를 모두 꺼냈다. 유리컵에 따르자 쏴 하는 소리를 내며 엉성한 거품이 술잔 위를 넘쳐, 잔을 들어보니 흘러내린 맥주의 양은 아주 시시했다. 요란을 떨며 넘치더니 별것 아니군. 큰 것을 깨닫기나 한 양, 잠시 고개를 들고 있다가 앉아 있는 침대 주변을 둘러보았다. 매트리스 위에 깔린 하얀 시트 천이 눈에 들어왔다. 이런 시트 위에 한 쌍의 모습이 그의 눈앞에 펼쳐지기 시작했다. 그는 옷걸이에 걸려 있는 양복을 낚아채듯 벗겨 집어 들었다. 침대 위에서 잠을 잘 수 없을 것 같았다. 서너 걸음 문 쪽으로 내딛다가 걸음을 멈췄다. 어디서 잠을 자야 좋지? 집에는 아직은 아내가 있을 텐데, 호텔로 간다고 해서 다를 게 없지 않은가? 그는 잔을 들고 벌컥벌컥 마셨다. 내가 지금 왜 이런 생각들에 빠져들어 가지? 이렇게 되면 어젯밤처럼 또 잠을 이루지 못할 것이 뻔한데…….

아! 이제는 이 현실을 받아들여야 하는데. 그 동료는 3개월 만에 체중이 12킬로그램이나 빠져 계단을 내려가다 휘청해서 하마터면 큰일을 당할 뻔했다는데, 나라고 그런 위험이 없으란 법이 없잖아? 정신 차리자! 우선 수면부터 충분히 취해야 해. 아들 녀석의 정서에 어떤 파도가 밀려들지 알 수도 없고, 시간도 경험도 없는 나잖아. 승진 경쟁이 치열한 회사 내의 근무에도 지장이 미쳐서는 안 돼. 그는 다시 거품이 일지 않게 잔을 채웠다. 정말 다시없이 사랑한 아내였는데! 이모에게 그 사진과 영상을 메시지로 받지 않았다면 그날도 자고 난 아침, 같이 출근하며 서로의 차에 오르기 전에 아이들처럼 손을 흔들고 차에 올라 핸들을 잡았겠지. 나는 당신이 내 남편이란 걸 항상 자랑스럽게 여겨, 여보. 당신의 아내가 된 것을 고맙게 여겨. 아마도 이 생각은 파뿌리 백발이 될 때까지 변함이 없을 거야. 바로 사건을 알기 전전날밤 아내가 귀엣말로 했던 게 아니던가! 나 역시 아내에게 같은 뜻의 속삭임을 해주고 우리는 깊게 포옹했었는데…… 아내에 대한 애정표현이 다양하지 못하고 스킨십 역시 단순한 건 천성이 그래서 어쩔 수 없지만 아내는 내 진정한 마음을 충분히 안다고 말했어.

아내의 불륜이 4개월 전부터 시작되었는데도 우리 세 가족은 아무런 문제도 없었고, 아내는 나에게 여전히 진솔한 애정을 보였고, 한 집안의 며느리와 주부로서도 빈틈이 없었어. 그런데 사진과 영상에 나타난 아내는 이미 그 남자에게도 편히 안기는 여자가 되어 있다는 것을 보여주고 있으니, 어느쪽이 진짜일까? 혼란과 절망과 분노가 다시 거세게 그를 때리자, 그는 벌떡 일어났다. 금연 5년 만에 담배를 꺼내 불을 붙였다. 그의 귓가에 갑자기 누군가로부터 지껄임이 들려오는 듯했다. 당신 아내는 지체 없이 눈물을 흘리며 용서를 빌었다고! 부둥켜안고 용서해 주고 싶다는 생각이 들지 않아? 당신 아내는 보통 여자가 아니야. 그런 아내를 버리다니 말도 안 되는 소리야! 당신과 이혼한 아내가 다른 사내와 보란 듯이 동거를 시작하거나 재혼한다? 그러다 그 남자의 아이를 낳을 수도 있다는 생각을 해 보라고! 아내에게 짐꾸러미 풀라고 말할 사내다운 대범한 용기 없어? 에잇!

주형진 씨는 탁자 위의 전화기를 움켜쥐듯 집어 들었다. 어쩌자는 건가? 어쩌긴…… 잠시 후 그는 전화기를 든 팔을 힘없이 내리고 소파에 주저앉았다. 정말! 정말 사랑하는 아내였는데. 아이에게도 정말 좋은 엄마였는데…… 아!

주형진 씨의 전화기에 메시지 하나가 떴다. 아내가 보낸 것이었다.

영재 엄마예요. 내 짐 다 옮겼어. 몇 가지 가구는 당신과 영재에게도 필요한 것들이라 놓고 갈게. 미안해요, 여보. 말할 수 없이 선한 당신에게 아내의 신분에서 깊은 상처를 안겨주었으니!…… 마지막 옷가지가 든 박스를 가슴에 안고 출입문을 돌아보니 내 뺨에 눈물이 주체할 수 없이 흐르네. 아! 아! 미안해요. 아무쪼록 영재를 봐서라도 몹쓸 나를 빨리 잊어줘요. 나로 인한 당신의 상처에 혹시 이 여자가 또 돌을 던지는 게 아닌가? 하고 오해 없기를 바라면서 이 글을 쓰고 있어요. 지금 당신에게 제일 급한 일은 나를 하루라도 빨리 잊어야 하는 거라고 생각하는데…… 그런데 내가 어떻게 불륜에 빠져들었고, 상대 남자는 어떤 사람이고, 무엇 하는 사람이며 4개월이란 그다지 짧지 않은 시간 동안 얼마만큼 진한 사랑 행각을 벌였을까? 무엇 때문에? 어쩌다가?…… 그렇게 되었다면 몇 번에 그치지 않고, 몇 달 동안이나…… 당신은 죽도록 나를 미워하며 나를 잊고도 이 문제만큼은 두고두고 당신의 뇌리에 궁금하게 남아있을 것 같아 나를 일체 변명하지 않고, 여기에 사실대로 쓰고 있다는 걸 이해해 줬으면 해.

　며칠 전 당신에게 용서를 빌면서 말한 대로 첫 만남은 그대로야, 이 남자가 무엇 하는 사람인지? 직업은 무엇인지? 조금도 관심이 없는 사람이었어. 2부 예배에서 자기와 듀엣 상대로 나에게 한마디 상의도 없이 갑자기 그 사람이 나를 택했다고 했을 때, 나는 싫다고 거절했어. 그런데, 주보에 그 사람과 내 이름이 이미 나란히 올라와 있더라고. 그 사람과 내가 연습해 볼 시간이란 겨우 30분 정도밖에 남지 않았는데 두 곡이나 불러야 한다니! 시간이 없어 할 수 없이 지하 연습실로 그를 따라갈 수밖에 없었어. 그동안 합창단 지휘자로만 생각했는데, 피아노 반주에 맞춰보니 잘 맞는 거야. 시원하게 뻗는 하이톤이 생긴 모습과는 아주 다르더라고…… 모습? 당신 옆에도 못 가! 그 예배에서 예상치 못한 큰 박수를 받았어! 의례적인 그런 박수가 아니었어. 기분이 좋더라고. 예배가 끝나기 전, 우리는 먼저 퇴장했고 그 사람이 점심을 사겠다는 거야. 강남의 한 음식점에 그 사람 차로 이동했는데, 그곳에서 얼마 동안 있었는지 음식값 청구서를 언뜻 보니 20만 원이 조금 넘는 것 같더라고.

　그날이 바로 영재의 봄방학 이틀째로 당신이 제주도의 삼다도가 무엇인지 알고 싶다는 영재를 데리고 1박2일을 마치고 제주도에서 오후 늦게 비행기편으로 돌아오는 날이었어. 그런데 중국 쪽으로 향하던 태풍 하나가 갑자기 방향이 이어도 쪽으로 바뀌어 바람이 세차게 불면서 제주도 해상의 물결이 큰 파도로 변하고 그래서 공항의 비행기 이착륙이 전면 금지되는 사태가 되었다고. 당신의 그 전화가 오후 4시가 지난 시간이었을 거야. 그때 나는 그 사람과 식사를 끝내고 막 일어나려고 하던 참이었어. 당신은 제주공항에 나왔는데, 발 디딜 틈도 없고 이동이 불가능하여 숙박시설로 다시 돌아갈 수도, 공항에서 편히 눕지도 못하고 겨우 앉은 자리에서 밤을 지낼 수밖에 없다고. 사람들 틈새에서 전화를 자주 받을 수도 없으니, 나에게 전화하지 말라고. 막막한 현장의 상황을 조용히 인내하며 기다리는 인내심을 기르는 학습장으로 삼자고 영재에게 말했다고. 나도 서울에서 조용히 타지의 가족을 기다리는 체험을 해보라고. 내가 당신의 그 전화를 받으며 심각한 표정을 보였는지, 그 사람이 무슨 일이냐고 묻길래 자세히 얘기해 줬어. 보기보다 사람이 자상한 편이구나, 하는 인상을 받았어. 집에 가서 TV로 기상 뉴스만 초조하게 보고 있을 수밖에 없겠다고 생각하는데, 괜찮은 곳이 있는데, 음악감상에 간단히 술 한잔하지 않겠냐고 하는 거야. 어딘데요? 괜찮은 곳입니다. 여기에서 그리 멀지 않아요. 역시 그 사람 차로 이동했지. 고급클럽이었어. 부스에는 빈자리가 없어 무대 가까운 테이블에 앉아, 기본 맥주가 나오고. 그런데 그 사람이 내 옆에 없는 거야. 이상하네, 방금 있던 사람이 어디 갔나? 기다렸지. 이런! 위아래 하얀 양복으로 갈아입은 그 사람이 전자바이올린을 손에 들고 무대 위에서 나를 보며 손을 흔드는 거야. 세상에!

조금 후 바이올린 연주를 시작하더라고. 피아노와 드럼, 그 사람 셋. 첫 연주곡이 '비내리는 고모령'이었어. 작년 이맘때 당신과 내가 댄스 동호회에 가입하고 그곳에서 댄스 교습을 받을 때 귀 따갑게 들었던 곡이 고모령이었잖아? 지르박에 아주 잘 어울리는 곡이라고. 바이올린 연주가 정말 일품이었고 연주를 끝내고 이젠 마이크를 잡고 같은 곡으로 노래하는데, 이건 프로가수 못지않더라고. 역시 댄스 교습 때 많이 들었던 곡들. 연주와 노래가 나그네 설음, 정주고 내가 우네, 비 내리는 호남선 등으로 이어졌어. 혼이 빠질 정도로 잘하더라고. 두 시간쯤 연주와 노래를 부른 뒤, 무대 뒤로 나가 아까의 평상복으로 갈아입고 내 앞에 돌아와 앉기에 내가 손뼉을 쳐주며 칭찬을 아끼지 않았어. 대단한 실력자이시군요!

맥주 반 잔으로 목을 축이고 나서 나더러 춤을 출 줄 아느냐고? 조금 한다고 하자, 내 손을 이끌고 홀로 나갔어. 이미 몇 쌍의 사람들이 춤을 추고 있었고. 블루스곡에 나를 가슴 가까이 당겨 첫발을 내딛는 솜씨 또한 대단했어. 뒤이어 지르박. 그렇게 한 시간 정도 추고 나니 이마에 땀이 촉촉하고. 하지만 뛰어난 리드에 이것이 춤이구나! 싶었어. 집에 오니 10시가 넘었더군. 그날의 일로 그 사람에 대한 경계심이 풀렸던 것 같아. 그 후부턴 일요일 말고도 만나게 되었고.

그로부터 2주 뒤 일요일 오후, 있어서는 안 되는 일이 벌어졌어. 강제성은 없었어. 모텔에서 함께 보낸 시간이 2시간 정도 되었을까? 시장을 보고 집에 돌아온 시간은 5시 전이었어. 당신은 TV를 보며 집에 있는 날도 있었고, 축의금을 들고 예식장에 가느라고 아직 집에 오지 않는 시간대였으니까, 당신에게 의심받을 여지는 조금도 없었지. 하지만 4개월째 접어들면서 이젠 정말 만남을 끝내야겠다고 생각하기 시작했고, 그달 끝무렵 사실 끝냈어.

그런데 그로부터 보름 뒤 당신의 이모로부터 메시지를 받아보고야 말았던 거야.

당신의 아내였던 사람 씀 (방 소파 쿠션 밑에 편지 한 통 넣어두었어)

주형진 씨는 편지를 소파 쿠션 아래에서 찾아냈을 뿐 뜯어보지 않았다.

2장

우연(偶然)의 양편(兩便)

강민주 씨가 친정으로 돌아온 지 한 달이 돼 가고 있었다. 그녀의 겉모습은 별다른 게 없었다. 남편이 편지로 보내온 이혼서류에 서명하여 회신해 주었고, 그 뒤로는 서로 간에 전화나 메일도 오가지 않았다. 교회 성가대도 나가지 않았다. 그 남자로부터도 전화가 없었다. 당연한 일이다. 서로가 전화번호를 교환한 일이 없었으니까. 답신 형식으로 이혼서류를 보내줬으니 이제 주형진 씨가 전남편이 되나? 그를 보고 싶다기보다, 솔직히 자신의 앞날이 어떻게 전개될지 궁금해졌다. 불안하거나 그런 것은 아니고, 전문직이니 살아갈 돈 걱정은 되지 않았다. 전남편이 능력이 있고, 시댁의 재력도 튼튼해 남겨두고 온 아들의 장래도 걱정되지 않았다.

아들 양육비를 청구해 오지 않은 것은 그렇다 치고, 아들 면접권을 제한하겠다거나 보장하겠다는 말도 없어, 그 문제 역시 크게 신경 쓰지 않아도 될 것 같았다. 꼭 브래지어 호크가 풀려 가슴 쪽이 느슨하고 바람이 들어오는 느낌이 들거나, 걷는 중에 숄더 끈이 끊어져 내버린 것 같은 기분이 종종 드는데, 이건 왜일까? 싶었다. 아직은 10년 넘게 살을 붙여 살아왔던 전남편 옆에 어떤 여자가 눕게 될까? 그런 생각도 떠오르지 않았다. 그녀에게 한 달은 더디게 지나간 건 아니었다. 자신의 불륜 증거가 엉뚱한 사람으로부터 보내져 왔고, 같은 시간대에 남편에게도 똑같은 메시지가 갔고, 이 문제가 어떻게 그렇게 전개되었나? 내가 알았던지, 몰랐든지 간에 그 사람의 수중에 간직되어 있어야 할 영상이 어떻게 바람에 날리듯 튀어나와, 이모에게까지 건네졌는지? 그 사람을 한번은 만나야 될 것 같다는 생각은 하루도 빠짐없이 하고 있었다. 전남편의 막내 이모를 직접 만나보면 바로 알 수 있겠지만, 내가 무슨 낯으로 당장 찾아가 만날 수 있단 말인가. 양심의 소리가 발목을 잡아 쉽게 생각해서는 안 될 것 같았지만, 언젠가 한 번쯤은 이모도 만나는 봐야겠지. 남편의 이모였지만, 남편보다 내가 그분과 더 가까이 지냈는데. 아마 사진과 영상을 메시지로 보내면서 욕설을 함께 올리지 않은 것이 그런 관계였던 때문이었을까?

또 한 달이 지났다. 강민주 씨는 그 남자를 만나기 위해 퇴근길에 곧장 클럽으로 갔다. 웨이터에게 부스를 부탁하자 안내했다.

무대가 보이지 않는 곳의 부스여서 좀 답답한 기분이 들었다. 기본을 주문하고 바이올린 연주자를 부스에서 꼭 만나고 싶다고 말하자, 악사들 휴식 시간에 안내해 드리겠다며 나갔다. 처음 그날처럼 8시에 일이 끝났는지, 그 사람이 부스 안으로 들어온 것은 30분쯤 지나서였다. 두 달 만에 보는 얼굴.

두 사람은 한마디 인사말이나, 안부도 묻지 않고 악수도 하지 않았다. 그 사람은 조용히 강민주 씨 앞에 앉았다. 설마 마음마저 조용했을 리는 없겠지만. 어떤 일이 있었던 걸까?…… 그녀는 잠시 남자의 얼굴을 바라보며 생각했다. 그 사람은 담배에 불을 붙인 후 부스 바깥쪽으로 길게 연기를 토해내듯 내뿜었다.

"두 달 만이에요."

강민주 씨가 먼저 말했다. 남자는 그녀를 바라보며 고개를 끄덕였다. 잔 두 개에 술을 따른 후, 한 잔을 조용히 남자 쪽에 밀어주었다. 두 사람은 말없이 잔을 부딪치지 않고 조용히 빈 잔을 내려놓았다.

"혹시 집안에 무슨 일이 있으셨어요?"

강민주 씨는 남자를 보지 않고 입을 떼었다.

"파도가 밀려들었어요…… 아직도 바닥을 적시고 있는 상태이고, 그쪽은 어땠나요?……"

남자가 물었다.

"친정으로 보내온 이혼서류를 회신해 주었어요. 확인해 보지않았지만,, 정리되었겠다고 생각해요.."

"나도 사실 어제 그 일이 끝났어요."

"이혼으로요?"

그 사람은 고개를 끄덕였다. 두 사람은 자기 잔에 술을 또 채웠다.

호텔 방안에 들어와 자정이 지난 지 오래였고 시간은 새벽 2시가 지나고 있었다. 처음부터 그들의 손은 서로의 몸 어디에도 닿고 있지 않았다. 각자의 가정에서 돌싱 이혼남녀가 된 두 사람은 상대의 생각이 아닌, 자신만의 생각으로 머릿속이 가득 차 있는 듯했다. 짧은 시간 만에 부부관계가 사라지고, 혼자 되기가 이렇게 쉬운가! 새삼 실감이 나지 않는 표정들이었다. 전에 남자는 딸만 둘이라고 했다. 양육권을 포기한 것인지, 빼앗긴 것인지 그도 홀로 된 신세 같았다.

"친권 문제는 어떻게 하셨어요?"

강민주 씨가 물었다.

"아내가 둘 다 맡겠다고 해서 성인이 될 때까지 양육이 아닌 교육비 명목으로 달마다 이백만 원을 대학 졸업 때까지 보내주기로 했습니다. 아들이 한 명 있다고 하셨던가요?"

남자가 물었다.

"그래요…… 집에서 나가달라고, 남편의 요구는 그것뿐이었어요. 닷새 후에 친정으로 옮겼어요. 오고 간 이야기는 더 이상 없었고, 앞으로도 없을 것 같고."

"그때 모텔에서 찍은 영상물 관리를 어떻게 하셨나요?"

강민주 씨는 유난히 낮게 가라앉은 목소리로 물었다.

"…… 관리라니요?"

남자가 물었다. 무슨 의미로 묻는지 전연 모르고 있는 듯했다.

"그때 내 승낙 없이 나 몰래 찍은 영상물이 고스란히 내 남편 이모의 손에 들어갔고 그게 메시지로 내게 돌아왔어요!"

남자는 놀란 듯! 한 팔을 짚고 소파에서 몸을 일으켜 앉았다.

"뭐라고요!……"

남자의 얼굴은 정말 놀란 표정을 짓고 있었다.

그녀는 전화기를 들고 메시지를 열어 남자에게 보여주었다.

"맞죠! 그때 찍은 영상들이죠!"

그 사람은 영상에서 눈을 떼고 딴생각에 빠져드는 모습을 보였다. 강민주 씨는 탁자의 물컵을 들고 물을 마셨다. 그녀는 소파에 앉았다. 남자는 그대로 서 있었다, 강민주 씨는 남자를 올려다보았다. 남자가 천천히 강민주 씨 앞에 앉았다.

"그게 그렇게 된 것 같군요…… 전연 몰랐습니다. 아내는 흥신소에 의뢰한 것 같은, 우리들이 모텔에 들어가고 나오는 사진들을 갖고 있었어요. 나는 아내의 이혼 요구에 군말 못 하고 응해줄 수밖에 없었어요. 영상에 관한 얘기는 꺼내지 않았어요. 내 부친이 그 사실까지 알았다면, 불같으신 성격에 너 같은 놈은 자식이 아니라고, 내 문제가 훨씬 복잡하게 커졌을 겁니다. 그 영상은 아내와의 결혼 일자를 비밀번호로 해서 저장해놓고, 한 번도 열어보지 않았어요. 어쨌든 말할 수 없이 미안하게 되었군요! 아내는 바로 어제까지 그 영상에 대해선 일체의 내색도 보이지 않았어요."

남자가 말했다.

"무서운 여자였네!……"

남자는 자기 아내를 두고 독백하듯 혼자 중얼거렸다.

"내 남편의 이모는 정신과 의사예요. 서울에서 병원을 개업하고 있어요."

강민주 씨가 말했다.

그녀는 영상 유출 사건이 남자의 관리부실로 인한 것일 거라고 여겨져 가슴 한복판을 무겁게 눌러오던 불쾌감이 그나마 조금은 해소되는 듯했다. 남자의 아내가 비밀번호를 어떻게 찾아내 수중에 넣은 것 같았다. 이제 남은 의구심은 이모의 손에 그 영상들이 어떻게 들어갔을까? 하는 문제였다.

"그 과정은 나로선 전연 알 수가 없군요! 다만 정신과 의사라니까 말인데, 과거에 아내가 어떤 일로 정신과병원을 다니며 몇 달을 치료받았던 일이 있긴 한데…… 혹시 이모라는 분의 병원에 다닌 게 아닐까? 하는…… 추측입니다만. 이번 나로 인한 충격으로 정신과 치료를 또 받으면서 충격의 정도를 의사에게 보여주는 과정에서 넘어간 것이 아닐까? 합니다. 내 아내가 스스로 제공하지는 않았으리라 생각됩니다. 내가 시나리오 각색가가 되어 우리 세계에서 흔히 쓰는 방식으로 추측해 보는 겁니다. 여하간 사죄드립니다."

남자의 얼굴에 검은 잿빛이 어른거리는 듯했다. 남자의 표정은 진지했다.

사진 속의 여자가 조카의 아내임을 알아보고 핵폭탄급 충격을 받았을 텐데! 어떻게 이겨내셨을까! 지나간 일이지만, 강민주 씨는 갑자기 숨이 막혀왔다. 아! 이모님! 정말 죄송합니다! 사죄합니다.

그날 밤 두 사람 사이에는 아무 일도 없었다. 아침에 남자의 차로 남자가 거주하기로 임대한 오피스텔로 향했다. 12평 아파트형 구조였다. 붙박이 가구 외엔 아무것도, 심지어 TV도 없었다. 주방 싱크대 옆에 라면 다섯 개. 가스레인지 위에 노란색 양은 냄비 하나가 얹혀 있었다.
"시간이 일러 배달 음식은 안 될 것 같은데 라면 드실래요?"
강민주 씨가 물었다.
"먹죠."
강민주 씨는 남자의 차로 출근길에 올랐다. 신호에 걸려 정차하는 동안 남자는 열쇠고리에 서 오피스텔 열쇠 한 개를 빼내 말없이 강민주 씨에게 내밀었다.
"5시 20분 이후에는 내가 집에 없을 겁니다. 클럽에서 마지막 시간까지 일하게 되어 귀가 시간이 11시가 좀 넘을 겁니다."

＊＊＊

강민주 씨의 속내가 아직 어떤지 모르지만 두 사람의 관계가 다시 시작된다면 이렇게 시작될까? 그러나 그렇게 될 것 같지는 않았다. 남편과 이혼 후 친정집에 머물고 있는 강민주 씨는 전날 밤이 처음으로 밖에서 잠을 잔 날이었다. 회사에서 퇴근하여 집에 돌아온 그녀가 평상복으로 갈아입고 다시 나가려던 참이었다. 그때 안방에서 나오신 아버지가 딸을 불러 세웠다. 고등학교 교장을 끝으로 정년퇴임하고 연금으로 생활하는 70대 초반 분이었다.

"안방으로 좀 들어오너라!"

아버지의 말씀이 어쩐지 근엄하셨다.

"이 집에 들어온 이상 이유 없는 외박은 안 된다! 절대 내가 허용할 수 없어! 재혼할 상대가 나타나 그 사람과의 만남 때문이라면 모르겠지만."

안방에는 어머니도 계셨다. 어머니도 여학교 교사 출신 은퇴자였다. 원래 교육자 집안이었다. 어머니의 낯빛도 보기 드물게 웃음기라고는 찾아볼 수 없었다.

"아버지 말씀이 맞다. 앞으로 처신 똑바로 해! 언니 말고도 네 밑으로 동생들이 셋이나 있어. 그 배우자들까지 합치면 일곱 명이 너를 보고 있어."

방 안의 공기는 짙은 구름이 낮게 깔린 듯 어둡고 무거웠다.

"지나간 일이 되었고, 이혼이 성립된 이상 이젠 사위가 아니지만, 나는 그 사람을 전화로 자넨가? 라고 부를 수 없게 된 것이 이렇게 쓸쓸할 수가 없다."

아버지는 필수품처럼 가까이 두고 있는 기다란 죽순으로 왼손바닥을 툭툭 치셨다. 자다가도 아깝고 아쉽고 또 아쉽다고 하셨다. 강민주 씨는 성장 과정에서나 출가한 뒤에도 어느쪽 부모로부터도 이날처럼 혹독한 질책성 주의를 들어본 적이 없었다.

"당신만 그런 게 아니에요! 나도 그래요. 얘 밑에 동생들도, 사위나 며느리들도 마찬가지일 거예요. 남이 되었다는 게 도대체 실감이 나지 않고, 그렇게 아까울 수가 없네요."

두 분이 사전에 의견을 나눈 건 아니신 것 같았다. 어머니는 눈물이 나시는지 얼른 손수건을 눈가로 가져갔다. 강민주 씨의 표정은 점차 당혹감으로 가득 찼다. 그녀는 말없이 고개를 숙이고 있었다.

"네 아버지 말씀이다. 네 남편을 찾아가 한 번만 아내를 용서해줄 수 없겠나? 라고 찾아가시겠다는 걸 내가 한사코 말렸다. 보나마나 걸음을 돌리실 게 뻔한데…… 네 아버지가 돌아서는 패배자와 같은 모습을, 그것만은 내가 도저히 볼 수 없을 것 같았기 때문이었다."

그동안 얼마나 속앓이하면서 참으셨을까에 강민주 씨의 가슴이 먹먹해졌다. 그녀는 이날의 저녁 일정을 모두 포기하고 전화기를 꺼내 전원을 끈 후 방을 나왔다. 자신의 방으로 돌아온 그녀는 처절한 심정이 엄습해 와 북받치는 눈물을 쏟으며 책상에 엎드렸다. 양친의 말씀 하나하나가 어느 것도 틀리지 않았다. 그녀는 고개를 들었다. 눈물이 소리만 내지 않을 뿐, 여전히 두 볼을 흥건히 적시며 흘러내리고 있었다. 무엇 때문에 우는지, 누구를 향한 눈물인지 분간이 되지 않는 듯 그녀는 문득 방안을 두리번거렸다. 보이는 건 책꽂이도 없는 책상, 그 앞으로 회색 유리 창문 두 쪽, 양쪽 가로는 하얀 벽지의 벽면뿐이었다. 두루마리 휴지로 책상의 눈물 자국을 닦은 뒤 젖은 휴지를 버릴 곳이 어딘지 잊은 듯 손에 쥔 채 책상을 내려다보다 그녀는 다시 울기 시작했다. 점차 어깨의 흔들림이 더해갔다. 여전히 눈물의 의미가 잘 잡히지 않았다.

두 달 동안 장래의 삶이 어떻게 펼쳐질지 생각해 보지 않은 것은 아니었지만 딱히 불안하거나 누구를 미워하며 살 것 같지는 않았다. 두 남자 모두 미워할 대상이 아니란 생각이 드는데 이건 또 어떻게 정리해 가야 하나? 그 사람이 조금도 나를 강제한 일이 없었으니까? 이게 미워할 수 없는 이유가 충분히 될 수 있을까? 그런데 오늘의 눈물 속엔 이런 의미들조차 섞여 있지 않았다. 어린아이가 부모의 심한 꾸중을 듣고 혼자 돌아앉아 쏟는 눈물 같은 것은 더욱 아니었고. 나이 40이 넘은 여자가 의미를 찾지 못한 채 시간을 넘기며 울고 있다니. 그녀가 울음을 그친 것은 내일 퇴근길에 변호사로 일하고 있는 바로 밑 남동생을 만나보자는 생각이 들고였다. 강민주 씨는 전화기에 전원을 다시 넣고 동생에게 전화했다.

"누나다. 내일 너 퇴근하고 누나를 좀 만나 줄래? 어디로 갈까?"

강민주 씨가 말했다.

"내일 시간이 없는데. 당분간 바쁠 것 같아."

예상치 못한 동생의 답변을 들은 강민주 씨는 아연실색했다. 너에게 쏟은 내 정성이 얼마인 데. 네가 이 누나를!…… 강민주 씨는 전화기를 든 손을 힘없이 내렸다. 몹시 불쾌하고 괘씸하기까지 했다. 형제자매의 관계나 부부관계란 게, 어떤 일에 잘못이 크다고, 그것이 도덕성에 문제가 있다고 이렇게까지 돌변을 할 수 있는 건지. 그녀는 번쩍 정신이 들었다. 주형진 씨의 이모에게도 섭섭하고 아쉽다는 마음이 일어나기 시작했다. 한 번쯤 먼저 만나자고. 어떻게 이런 일이 있느냐고! 벼락 같은 화를 내고 꾸짖으며, 먼저 연락을 주었더라면, 하는 아쉬움이 있었다. 그렇다고 달라질 게 뭐가 있겠는가? 무슨 변명의 여지가 있다고? 그녀는 다시 초라한 강민주로 돌아왔다.

그래도 이모님을 머지않아 한 번은 찾아가 만나야 할 것 같았다. 큰 소리로 이모세요? 라고, 자주 전화드렸었는데…….

연차휴가를 낸 것이 아직 이틀이 남아 있고 여기에 공휴일이 이어져 강민주 씨는 편한 하이킹 복 차림에 배낭을 메고 부산행 KTX를 탔다. 십수 년 전, 주형진 씨와 괌도 신혼여행을 마치고, 국내 신혼여행지로 부산 H 호텔을 택하여 이틀 밤을 보냈는데. 그때를 생각하며 이틀 밤을 호텔 방에서만 조용히 시간을 보냈다. 서울로 올라가기 전, 해운대 앞바다 전경이 보이는 바닷가의 카페에 앉아 비 내리는 바다를 바라보았다. 그때도 종일토록 비가 내리고 있었는데……

조용필 씨의 '돌아와요. 부산항에' 노래가 흘러나왔다. 2절이 이어지고 있었다…… 이제는 여보라고 부를 순 없지. 주형진 씨라고 부를게. 형진 씨!…… 노래의 2절이 끝나고 조용해지자, 강민주 씨는 생각에 잠겨 들기 시작했다.

…… 우선 나로 인한 형진 씨의 정신적 고뇌가 얼마나 깊고 아픈지? 내 불륜 사실을 당신이 알게 된 순간 내가 당신에게 정신적 살인 행위를 저지른 것과 같다고 했는데…… 나는 아직도 이점에선 잘 모르겠어. 내가 당신을 죽였다고……? 당신의 정신을 송두리째 죽였다니! 나와 같은 불륜 아내를 겪고, 남편의 입장에서 절망적 아픔을 토로한 글월 몇 개를 찾아 읽어봤어. 그걸 읽지 않았어도 아픔이 대단할 거라고는 인정해. 그 글 중에 불륜은 용서의 대상이 아니다. 불륜을 저질러 본 아내는 또다시 불륜에 빠지고 만다고, 그렇게 되어 있더라고. 두 번째는 이미 경험자가 되어 아주 치밀하게 행동하기 때문에 아내의 불륜을 알아채기가 여간 어렵지 않다고. 그래서 깨진 바가지 붙여 쓰는 게 아니라고. 피해자인 남편들이 썼을 이 글들을 며칠 밤낮을 두고 읽고 또 생각해 봤어. 형진 씨, 당신에게 재차 용서를 구해보고 싶어서가 아니야. 당신의 성격상 나를 용서하지 않는다는 걸 잘 알고 있어. 나는 당신을 절

망의 늪에 빠트릴 계획도, 이혼을 각오한 행위도 아니었어. 어쩌다 거기까지 가게 되었던 것뿐이야. 내 의식 속에 잠자고 있던 본능적 욕정이 한순간에 뛰어나온 것이라고 말하는 게 쉽겠군! 사실은 그런 것도 아니었지만. 하여튼 무엇이 한순간에 나를 그 사람의 품속으로 끌고 들어갔던 거야. 그뿐이야. 정말 그랬어. 옛날 내 분만 산통을 의사의 만류에도 당신은 내 바로 곁에서 끝까지 지켜봤어. 그때 어땠어? 실재 내 아픔이 어떤 정도인지 체험해 볼 수 있었어?…… 나 역시 당신이 아파하는 속속들이를 영원히 알 수 없을 수도 있을 거야. 그 지독한 분만의 산통을 안겨주려고 내 몸에 당신의 정액을 쏟은 것이 아니었듯이, 나 역시 그 남자의 품에 든 것이 당신에게 죽음과도 같은 고통을 안겨주려고 한 행위는 아니었어. 비유가 너무 지나쳤다면 이해해 줘. 혹시 형진 씨, 인연이 있어 부부가 되었다가 인연이 다해 헤어지는 거라면 얼마나 좋을까.

아까 호텔 방 침대에 누워 당신과의 신혼여행 추억을 마음속으로 정리하고 밤 열차로 올라가려던 계획이었는데, 우리가 함께 10년 이상을 살던 아파트를 매도하여 그 잔금일인 10일 후에 아파트 대금을 포함하여 기타의 재산을 계산해서 그 반을 내 몫으로 보내주겠다는 당신의 문자를 받아보고 나는 벌떡 일어났다가 다시 침대에 엎드려 통곡하며 울었어. 당신의 아내였던 옛날의 강민주답지 않게 또 눈물을 쏟았다고 이야기하는군…… 비가 조금 그치면 이 카페를 나서 지금 쓴 이 글을 우체통에 넣을게. 읽고 싶지 않으면 버려도 돼.

비는 쉽게 그칠 것 같지 않았다. 저녁 무렵까지 카페에 앉아 있던 강민주 씨는 가까운 음식점으로 자리를 옮겨 저녁 식사를 한 후 택시를 타고 부산역으로 향했다. 남편과의 추억 때문에 부산에 다시 오지는 않을 것 같았다. 지난 세월이 그지없이 허무하게 느껴지며 머릿속이 텅 빈 채 허공으로 떠오르는 기분이 들어 그녀는 두 손으로 머리를 감쌌다.

"어디 아프세요?"

중년의 택시 기사가 백미러로 바라보며 물었다.

"아뇨. 갑자기 옛일이 떠올랐어요. 괜찮아요."

그녀가 말했다.

* * *

하루 휴가를 내고 주형진 씨는 매수인에게 아파트를 양도해 주고 양친이 사는 아파트로 이사했다. 아직 70세 이전인 모친이 적극 만류한 탓에 그는 단독생활을 하려던 계획을 접을 수밖에 없었다. 그날도 모친은 처음의 뜻을 굽히지 않았다.

"안 된다! 40이 넘어 이혼한 상태에서 단독 생활이라니. 안 돼! 심신이 눈 깜박할 사이에 피폐해질 수 있어."

주형진 씨의 양친은 모두 건강하셨다.

"네 아버지 생각도 나와 똑같다. 내 입에 이혼이란 말을 담고 싶지 않지만, 어쩔 수 없구나. 사람 죽이는 것이 이혼이다. 네 잘못이 아닌 이혼이라도 그래. 좋은 사람 만나 재혼할 때까지 아무 소리 마라!"

50평형 아파트에 방이 셋이 있고, 두 분만이 단출하게 살아오셨다. 다음 날 정오가 조금 지나 강민주 씨에게 재산분할을 계좌이체로 다 마쳤다. 아파트 매도 대금 외에 몇 가지 금융자산 분할액만도 2억이 조금 넘었다. 장롱 서랍 속 가죽 지갑 안 금융자산 통장들이 있는 걸 주형진 씨는 알고 있었다. 하나같이 아내가 남편의 명의로만 개설해 놓았다는 걸 이번 일로 알게 되었다. 몹쓸 인간 같으니! 통장들의 명의와 금액들을 모두 확인한 후 그는 가슴 한복판이 예리한 칼끝에 갈라지듯 아파졌다. 지금, 이 순간의 아픔이 어느쪽의 아픔인지 분간조차 되지 않았다. 그는 통장들을 주머니에 집어넣고 밖으로 나왔다. 통장들을 해약하거나 해지해야 했다. 그로부터 며칠 뒤 퇴근하여 집에 들어오니 어머니와 아들이 식탁에서 저녁 식사를 하고 있었다.

"아버지는 어디 가셨어요?"

"문중 일로 대전에 가셨어. 내일 오신다고."

어머니가 말씀하셨다.

"얘가 배고프다고 해서 먼저 먹고 있다. 식사해야지?"

"예, 먹어야죠."

주형진 씨는 손을 씻고 젖은 손으로 거울을 보며 머리를 다듬은 후 주방의 식탁으로 와 아들 앞에 앉았다. 아들이 밥숟가락을 입으로 가져가며 아버지를 바라보았다. 주형진 씨도 마주 바라보았다.

"요즘 학교생활 괜찮니?"

"괜찮아, 아빠. 내 걱정 안 해도 돼."

할머니가 손주를 바라보다 아들의 저녁상을 차리려고 일어나셨다. 저녁밥이 앞에 놓여 주형진 씨는 밥을 먹기 시작했다. 아들이 저녁을 다 먹고 수저를 놓고 일어나려 하자 주형진 씨가 말했다.

"좀 앉아라."

아들이 다시 자리에 앉았다.

"영재야."

수저를 오른손에 든 채 아들의 이름을 불렀다.

"……자유롭게 엄마와 연락하고, 만나고 싶을 땐 언제든 만나."

노인이 아들과 손주의 얼굴을 번갈아 바라보셨다.

"엄마가 학교로 너를 찾아오든, 너에게 연락해 오면 너 하고 싶은 대로 해. 두 번 다시 이런 말 안 할게."

"그동안은 어쨌니?"

모친이 주형진 씨에게 물었다.

"이런 말 영재한테 처음 하는 거예요."

모친의 얼굴에 금세 안타깝다는 빛이 역력했다.

주형진 씨는 이날 밤도 전처가 보내온 문자를 열어보지 않았다.

그는 아들의 방문을 노크하고 안으로 들어갔다. 숙제하는지 책상에 엎드려 무엇을 쓰고 있었다. 그는 아들의 머리를 한번 쓰다듬었다.

"나랑 얘기 좀 할래?"

"뭔데, 아빠?"

아들이 아빠를 돌아보며 말했다. 주형진 씨는 영재의 1인용 침대 끝머리에 아들을 바라보며 앉았다.

"엄마가 쓰던 화장대, 장롱, 우리가 함께 쓰던 거실의 소파 세트, 안방 소파 등 엄마가 남겨놓고 간 가구들 있잖아? 너와 내가 필요할 것 같다고 남겨놓고 간 것들이야. 한데, 여기에 놓을 장소도 마땅찮고, 할머니 가구들하고 겹치기도 하고. 그래서 아빠가 물품보관소에 열흘간 보관비를 선불하고 맡겨놓았어. 물품 수령인은 엄마 이름으로 했어. 이게 물품 보관증이다."

주형진 씨는 이렇게 말한 후 보관증을 아들 책상 위에 올려놓았다.

"엄마에게 전화해 이 사실을 알려줘. 보관증 없이도 엄마 신분증만 가져가면 찾게 해놓았어. 보관증은 아빠가 가지고 있을까?"

"나 주세요. 이것 때문에 엄마를 만나진 않을 거야."

"만나도 돼, 엄만데. 이것 때문이 아니라도. 아빠가 그랬잖아."

영재는 쓸쓸한 모습으로 아빠를 한 번 더 바라본 후 보관증을 집어 가방에 넣었다.

"혹시 엄마가 모두 필요 없다고 말할지도 몰라. 그 말에 상처받지 말고."

갑자기 주형진 씨의 목소리가 쓸쓸하게 잦아들었다.

"나도 다 알고 있어, 아빠. 나 어린애 아냐, 아빠. 이렇게 된 게 아빠 잘못이 아니란 걸 할머니한테 자세히 다 들었어."

"……"

"…… 필요한 것 있으면 나한테나 할머니한테 서슴없이 말해. 엄마한테 했듯이…… 여기 한 달 용돈."

아들의 책상에 용돈을 놓고 주형진 씨는 일어났다. 다시 한번 아들의 머리를 쓰다듬어주고 방을 나섰다. 자기 방으로 들어온 그는 소형 냉장고에서 양주를 꺼내 새로 장만한 소파에 앉았다. 첫 잔의 술에 입술만 적시고 잔을 탁자에 내려놓았다. 그의 눈가에 이슬이 맺히기 시작했다. 배신을 당했다는 일념만으로 가득 채워졌던 그동안의 정서에 이삿짐을 정리하면서 아내와의 첫 만남에서부터 너무나도 사랑했던 추억들이 조금씩 살아나는 것을 막을 수가 없었다. 부질없는 생각이라며 고개를 절레절레 흔들어 보았지만, 소용없었다. 자신의 생전에 아내와의 재결합은 절대로 하지 않겠다는 것을 다짐하고도, 지나간 세월 때문인지 그의 마음속에 이젠 조금씩 애증이 교차하고 있었다. 그는 아내를 어떻게 대하며 살아왔는지도 비교적 냉정히 돌아보았다. 아내와 결혼한 이래 어떤 경우에도 한눈팔지 않고 아내만을 바라보며 살아왔다. 다정한 스킨십을 아내에게 자주 하지 않은 것은 쑥스러움을 타는 천성 때문이었지, 사랑의 열정이 약해서 그랬던 것은 아니었다. 성적 능력 면에서도 아내에게 미안하다는 생각을 가져본 적이 없었다. 친구들과의 만남에서 가끔 나누는 잠자리 이야기에 격무에 시달리

고, 40줄에 들어서니 시력이 전보다 못하듯이 어쩔 수 없이 그 능
력도 떨어지더라는 이야기를 들으면, 그는 아직은 여전히 상위권?
능력을 유지하고 있음을 자위해 왔다. 이건 혼자만의 생각이 아니
었다. 아내는 사랑해요. 여보. 당신의 아내 된 것이 행복해요. 라
고 하루의 피곤을 푸는 잠자리에서 이런 뜻의 말을 자주 해 왔다.
그랬던 아내가 어째서 4개월이란 짧지 않은 기간이나…… 도저히
이해되지 않았다. 이미 이혼으로 남남이 된 사람. 그러나 사랑했
던 아내의 모습들이 수시로 마음속을 비집고 조금씩 들어오는 데
는, 이런 날 밤이면 그는 양주잔에 의지하여 잠을 이룰 수밖에 없
었다. 그래도 하루하루 세월이 지나갈수록 술잔에 의지해서나마
잠을 이룰 수 있다는 게 그에게는 여간 다행이 아닐 수 없었다. 왜
무슨 일 있어? 얼굴이 전만 같지 않네, 하는 주변의 관심을 거의
잠재울 수 있게 되어가고 있었다. 지나온 터널이 정말 어둡고 끔찍
했던 게 사실이었다. 남은 생애에 두 번 다시 겪어보고 싶지 않은
것이 아내의 불륜 사건 같았다. 아직 죽음의 공포와는 직접 맞닥
뜨려 본 일은 없지만, 그것과 이번의 배신감은 마치 피할 길이 꽉
막힌 채 서 있는 사람에게 지체 없이 달려든 쓰나미처럼 한 남자
의 모든 것을 송두리째 삼키고 가는 위력만은 비슷하지 않을까?
싶었다.

　그동안 주형진 씨를 제일 괴롭힌 것은 내 아내가 불륜을 저지르
다니! 였지만, 그다음은 아내의 불륜에 내 책임은 과연 없었을까?

있다면 자신의 어떤 문제가 어느 만큼 작용했는지 찾아보는 것이었다. 그는 정말 아내를 사랑했다. 아내도 당신이 나를 어느 만큼 사랑하는지 잘 알아요. 당신과 나는 하늘이 맺어준 천생연분이야! 내 말이 맞지, 여보? 그의 귀에 속삭인 아내의 이 말을 어디 한 번만 들었었나. 귓속말을 지껄이는 아내의 목소리는 남달리 귀엽게 들렸는데. 그 사내의 귓가에도 아내는 그 목소리를 아끼지 않았겠지. 나에게 속삭였던 것처럼 당신을 사랑해! 나는 행복해요, 라고 속삭였을까? 더 짙게 토해 냈을지도 모르지…… 도대체 나는 왜 십수 년간 아내가 그런 여자인 줄 모르고 살아왔지? 다시 분노의 물결이 파고가 낮긴 했지만, 그의 전신을 휘감으며 이해하기 어려운 교향악단의 연주를 듣거나, 흡사 남의 이야기를 듣고 있는 것처럼 느껴져 왔다.

사진과 영상으로 알게 되었던 그 순간, 말할 수 없는 분노와 배신감이 그의 가슴을 태우고 지나갔지만, 그때 타고 남은 재와 숯덩이는 평생 가슴속에 남으리라는 생각이 들자, 주형진 씨는 다시 천연한 기분에 젖어 들기 시작했다. 분명히 아내는 첫 번째 밀회에서부터 나와의 사이에서 느껴보지 못한 무엇을 강하게 느꼈던 것일까? 밀회 때마다 다른 느낌을 거푸 선사 받지는 않았을 것 아닌가? 그렇다면 첫 번 쾌락에 아내는 바로 그 쾌락의 노예로 전락했다는 얘기가 될 수도 있는데…… 그렇게 신중하지 못한 사람이었던가? 그 사내의 어디가, 어떤 행위가 아편의 효과처럼 기막히게 절묘했다면 모르겠지만. 아내는 한 남자로 만족하지 못하는 여자인지도 몰라. 나만 모르고 있었고. 그렇다면 이쯤에서 그 본성이 내게 알려진 게 다행인지도 모르겠군. 생각하기 나름이란 말이 이런 때 쓰라고 생겨났는지도 모르겠네.

인연의 끈이 멀어질 대로 멀어진 것은 분명했다. 주형진 씨는 자신의 가슴속 숯덩이가 그의 생애를 통해서 어떤 형태로든 작용할 것임을 알고 있었다. 그에게 아내의 불륜 사건은 이제 과거의 일로, 현재엔 실재하지 않는다. 과연 그가 관념에 계속 붙들려 헤어나지 못하게 될지, 헤어나게 되면 자신의 결단에 의한 것이 될지, 남의 도움을 받아 비통한 집착을 내려놓게 될지는 아직은 알 수 없기에 지켜볼 일이다. 어떤 길을 선택하여 가게 되느냐에 따라 삶의 질은 달라질 것이다. 길은 두 가지밖에 없을 것이다. 행복한 인생을 살아갈 것인가, 괴로운 삶을 살아갈 것인가. 그 해답은 자신의 의식이 쥐고 있을 것이다. 그는 이 사실을 아직은 모르고 있는지도 모른다. 그래서 원인이야 누가 주었든 끝까지 남을 탓을 할수만은 없다는 것이다. 그가 아내의 불륜 사실 자체를 잊을 수는 없다. 그것은 그의 기억 창고에 영원히 저장되어 있을 것이기 때문이다. 하지만 더 중요한 건 불륜 사실을 막 알게 해준 사진과 영상을 보게 된 순간에 느꼈던 느낌이다. 그 느낌에서 바로 불쾌와 배신감과 복수를 하고 말겠다는 강렬한 불길이 빠르게 일어났고, 그 불길을 꺼뜨리지 않고자 번뜩인 집착이 의식의 한쪽 구석을 완전히 차지한 것이다. 집착을 내려놓는 문제는 지울 수 없는 기억과

달리, 충분히 가능하다는 걸 그가 알게 되어야 하는데…… 집착은 기억 만큼은 의식의 중요한 기능에 해당하지 않는다는 사실을. 집착의 끈을 놓지 않으면 그것은 자신도 모르는 사이에 습관이 되어 더욱 곤란해질 수도 있다는 사실을! 기억으로 인한 되살아남 보다 더 심각한 고통을 안겨줄 수도 있다. 선량하기 이를 데 없는, 때에 따라서는 자신이 가야 할 길을 남을 위해 조용히 비켜주기도 하는 주형진 씨의 본성을 아는 이들 모두에게 그 가능성은 가슴 아픈 사연이 될 수도 있을 것이다.

3장

우연(偶然)의 양편(兩便)

그로부터 1년이 흘렀다. 그 1년 동안 강민주 씨의 주변 상황은 많이 변해 있었다. 우선 무엇보다 부친의 사망이었다. 연세에 비해 아주 건강하셨던 분이 어느날 갑자기 뇌졸중으로 쓰러지셨고, 부인의 도움을 받으며 열심히 재활치료를 받아오던 중 다시 뇌출혈이 일어나 회복하지 못하고 이틀 만에 운명하셨다. 강민주 씨는 아버지와의 사별이 슬프고 많은 죄책감도 함께 느끼고 있었다. 그녀에게 또 다른 고통은 장례식이 끝난 이후부터 형제자매들이 눈에 띄게 외면하는 태도들이었다. 유일하게 언니만이 그녀를 안아주며 어깨를 다독여 주었다.

언니는 혹시나 주형진 씨가 장례식장에 모습을 보여주지 않을까? 했지만 끝내 와주지 않았다. 초조한 마음으로나마 기다려 봤던 것은 돌아가신 아버지가 그 사위를 그렇게 아끼셨기 때문이었다.

　한순간 자신의 불륜으로 단란했던 가정이 파탄 나고, 남편과 아들에 대한 미안함과 그리움으로 말할 수 없이 슬픈 눈물을 흘려온 그녀에게 형제들의 차가운 외면은 이제 당혹감을 넘어 자신이 먼저 관계 정리를 해야 할 것 같은 느낌이 들 정도였다. 단단히 정신을 차려야 버틸 수 있겠구나. 나에게 친정의 혈육이란 무엇인가? 각자 가정을 이루고 저마다 삶의 영역이 다르게 살아가고 있는 처지에, 내 불행에 대해 연민의 정을 가져주지는 못할망정 조소하듯 외면으로 일관하는 저들에게 이제 그녀는 자신도 냉정해야겠다는 생각이 들기 시작했다. 장례식장에서 자녀들 간의 냉랭한 모습들에 어머니는 둘째 딸 민주 씨에게 여러 번 안타까운 시선을 보내주셨다. 마치, 얘야! 너 때문에 아버지가 돌아가신 게 아니야, 하고 말씀하시는 것 같았다. 딸로서 어머니가 외롭고 쓸쓸한 자신의 처지를 걱정하고 계심을 여실히 느낄 수 있었다. 새삼 10여 개월 전쯤 아들 녀석에게서 온 편지가 생각났다. 그때 봉투를 열어보고 강민주 씨는 어쩔 줄 몰라 했다. 물품보관소가 발행한 물품 보관증 하나만 딸랑 들어 있었던 것이다. 보관증 하단의 알림과 주의사항란을 읽어보고 10여 일 보관기간 동안 보관료가 선불 되었고, 물품 수령인이 자신의 이름으로 되어 있다는 사실을 확인하고, 그녀는 누군가에게 섭섭함을 넘어 마음속에 냉정한 기운이 감돌기 시작함을 느꼈다.

　당신이 들어간 부모 댁은 50평형 아파트잖아? 지금 내가 얹혀있
는 당신의 처가였던 아파트는 30평형이란 사실을 너무나도 잘 알
면서! 내 혼자 새로 입주한 아파트도 아닌데…… 보관 소에 맡겨진
살림들을 들여놓을 틈이라고는 한 곳도 없다는 걸 잘 알고 있는
당신이 아들에게 이런걸 시키고, 당신이 이렇게 나온다는 건……
그건 당신의 요구로 내가 집을 서둘러 나오면서 내가 쓰던 일체의
가구를 남겨놓고 내 옷가지와 소지품만 갖고 나온 것과는 의미가
전혀 다르잖아!

　내가 알고 있는 당신이 맞다면, 이것은 내게 복수까지는 아니더
라도 어떤 의미가 있는 것일 수 있고…… 그래도 어쩌나, 내가 인정
하고 받아들여야지. 하지만 복수의 차원이 아니라면, 당신에게 내
가 몰랐던 다른 면이 있다는 것일 거야. 아들 녀석도 그렇지. 이제
중학생이잖아. 엄마, 아빠가 이렇게 전달하라고 하시네. 그동안 엄
마 어떻게 지냈어? 내 걱정은 하지 마, 엄마. 이 정도 짤막한 글을
그 녀석에게 받지 못할 거야 없잖아? 그녀는 생각이 여기에 이르
자, 시댁의 분위기를 나름대로 연상해 보기 시작했다. 그쪽도 자신
에게 적개심 같은 것을 유지하고 있는 것이 아닌가? 싶어졌다. 이
대목에 그녀는 또 한 번 정신을 차려야겠다는 생각이 들었다. 자
신의 잘못으로 인한 여파가, 원의 한가운데에 자신이 서 있고, 그
둘레는 끊임없이 돌고 있는 게 아닌가 싶었다. 돌고 있는 기운을

따라가며 바라보느라 어지러워선 안 되겠다 싶었다. 그래도 아직 요구하지도 않은 재산분할에 덜 주겠다고 한점 시비를 걸지 않고, 생각지도 않게 빠르게, 그리고 생각보다 후하게 보내준 것…… 그 점은 분명히 아내로서 알고 있던 남편의 순수한 이타심이 거기까지 작용한 것 같았다. 그지없이 고마웠다. 아버지가 돌아가시고, 형제들의 눈치도 있고 해서 넉넉한 재정이 통장에 있게 되어 깨끗한 오피스텔 한 채를 매입하여 독립생활을 하겠다고 엄마에게 말하자, 네가 좋은 사람 만나 재혼할 때까지 이 집에 있어! 엄마도 외로우니까. 엄마의 말에 강민주 씨는 두말없이 계획을 일단 접을 수밖에 없었다.

이혼을 당한 이혼녀가 아니고…… 이제부터 생활인으로 돌아가자. 세면실에서 얼굴을 씻고, 거울을 바라보며 자기 얼굴을 새삼스럽게 자세히 들여다보았다. 지난 1년을 힘겹게 견뎌왔는데, 아직은 눈에 띄게 잔주름이 더 새겨진 것은 아닌 것 같았다. 다행이네, 이만한 얼굴이면 괜찮다. 남편에게 위자료 소송을 당하지 않고, 불륜녀로 밀려나 이혼 판결이 난 것도 아닌 이혼. 어떤 서류에도 그런 흔적들이 남겨져 있는 것도 아니고.

강민주 씨는 지금까지 더욱 훨씬 자유로워져야겠다고 생각했다. 점점 옛날 자기 모습으로 돌아가야겠다고. 그 첫걸음으로 전남편 주형진 씨의 이모를 한 번 찾아가 만나야겠다. 터놓고 이야기를 나눠보자. 이 생각은 그동안 마음속으로만 여러 번 다짐해 왔던 것이다. 이제 만난다면 남편의 이모가 아니라 같은 40대 여성으로서 다. 곧 있을 이모 병원의 소득신고를 처리해 드려야 할 기일도 다가 오기도 하고. 그동안 줄곧 병원의 세무 관련 업무를 자신이 속한 회계법인이 맡아왔다.

이모의 병원 안.

토요일 오후 1시까지 진료가 끝나고 3시가 넘어서인지 병원 안은 아무도 없고 조용했다. 원장의 집무실은 한쪽 벽의 하얀 블라인드 사이사이로 이미 기울기 시작한 석양의 햇볕이 따스하게 스며들고 있었다. 고운 황토색 큰 도자기 병에 꽂힌 빨간 장미꽃은 꽃가게에서 파는 묶음으로 봐 한 묶음 반은 될 듯 보였다. 실내는 장미 향기로 가득했다. 원장은 손목시계를 벌써 세 번째 들여다보고 있었다. 검은 뿔테안경 너머의 눈빛만으로 봐선 단순히 누구를 기다리고 있는 것인지, 무엇 때문에 초조함이 있는지는 쉽게 알 수 없었다.

벌써 1년이 됐나? 원장이 조카 주형진 씨에게 그의 아내였던 강민주 씨에 관한 문제의 사진과 영상을 보낸 달을 따져보니 대충 그랬다. 원장은 밖으로 나와 내방환자를 위해 병원 대기실에 있는 무료 자판기에서 커피 한 잔을 빼내 뜨거운지 입술에 축여보며 다시 안으로 들어갔다. 실내는 모두 하얀빛을 띠고 있어 깨끗했다. 책상과 의자, 전화기, PC, 사방의 벽면과 출입문 색까지 하얀색 일색이었다.

그때 병원 건물 밖 출입문 부자가 울렸다. 원장은 일어나 버튼을 눌렀다. 밖에서 버튼을 누른 사람은 강민주 씨였다. 옅은 베이지색 투피스 차림의 강민주 씨는 화장은 옅었지만, 빨간 립스틱이 돋보였다. 누가 봐도 아름다웠다. 강민주 씨는 원장실 문밖에서 자신의 옷차림을 잠시 내려다본 후, 문을 응시했다. 그리고 노크했다. 똑똑, 두 번에 그쳤다.

"들어와요."

안에서 목소리가 들렸다. 그녀의 표정은 1차 검진을 이미 받고, 2차 검진까지 끝내고, 마지막 그 결과를 듣기 위해 병원에 들어서는 환자와 별반 다를 바 없었다. 강민주 씨는 문을 열고 안으로 들어섰다. 원장은 자리에서 일어났다.

"······오래간만이군!"

원장의 목소리는 침착했다.

"안녕하셨어요?"

강민주 씨가 말했다. 원장은 미리 준비한 듯 오른쪽 낮은 탁자에서 녹차 두 잔을 테이블에 올려놓았다.

"들어요. 식었을 거야. 10분 정도 지났으니까."

"마실게요."

강민주 씨가 말했다. 원장은 안경을 벗으면서 차를 마시고 있는 강민주 씨의 모습을 바라보았다.

"세월이 참 빠르군, 1년 만이지······?"

원장은 천천히 찻잔을 내려놓고 있는 강민주 씨에게 말했다.

"그렇군요. 저에겐 아주 긴 시간이었어요······."

강민주 씨는 원장의 얼굴을 마주 바라보았다. 잠시 두 사람은 말이 없었다. 서로의 얼굴도 바라보지 않은 채.

"······ 나에게 하고 싶은 말이 있겠지?"

비로소 원장이 먼저 만남의 본론에 들어가는 말을 꺼냈다. 강민주 씨는 말이 없었다.

"살다가 그런 성격의 중개적인 역할은 두 번 다시 하고 싶지 않아. 누가 내게 시킨 것도 아니었지만."

"······."

"중개적인 역할요?······ 이모님다운 역할이었다고 생각하세요? 지금도요······?"

"아니, 그렇지 않아. 벌써 오래전부터 그렇게 생각하지 않고 있어."

"어떤 면에서 달라지셨나요?"

"글쎄, 딱히 이것 때문이었다고 말하기는 대단히 어렵군. 자네는 내 조카의 아내였으며 중학생을 둔 학부모였고······ 세 사람 모두에게 삶의 중요한 연결고리가 부서질 수 있는 사안임이 분명했으니까. 그렇지만 나는 그 사건에 몇 발짝 떨어져 있는 아웃사이더였는데. 내 말이 혹시 조리에 벗어나고 있는지 모르겠군."

"······."

"이모님이 저를 먼저 불러 주셨어야죠! 부질없는 제 욕심인가요?"

이제 강민주 씨에게는 전남편의 이모로 돌아가 있었다. 이모를 바라보는 그녀의 목소리는 천근같이 무거웠다.

"아니. 바로 그 점을 후회하고 있어!"

그제야 이모는 강민주 씨를 똑바로 바라보았다. 사랑하는 조카의 아내였던 여인이 아니라 냉정한 이성을 갖고 찾아온, 묻고 싶은 말이 있고, 간직해오던 말을 쏟아 내보고 싶어 1년이란 짧지 않은 시간 동안 다듬고 왔을 것 같은 생각이 들기 시작했다.

"나를 만나고 싶다고! 꼭 만나 듣고 싶은 얘기와 하고 싶은 얘기가 있다고 해, 오늘 우리가 이렇게 자리를 마주하고 있는데, '먼저 저를 불러 주셨어요' 하는 게 그중 하나인가?"

원장이 물었다.

"그렇습니다. 이모님의 말씀과 같이 세 사람 사이에 놓여 있던 튼튼했던 다리가 천 길 아래로 떨어져 버렸으니까요. 물론 떨어트린 폭발물은 제가 만들었다는 걸 부인하지 않아요.…… 어떻게 그 사진과 영상물을 손에 넣게 되셨는지? 그것도 참 궁금하고요."

강민주 씨가 말했다.

"그거라면 쉽게 얘기해 줄 수 있지…… 여성 한 분이 전에 딴 사건으로 몹시 충격을 받아 치료를 내 병원에서 받았고, 이번엔 남편의 외도로 또다시 신경이 예민해져 치료와 상담을 받고자 왔어. 상담 중에 남편의 외도증거 사진과 영상을 수중에 넣게 되었다고 말하더군."

이 대목에서 이모는 잠시 목을 축인 후, 그때를 연상하듯 한 손으로 턱을 받힌 후 영상을 받게 된 이야기를 하기 시작했다.

"자세히 좀 보세요. 세상에 남편이란 인간이 이럴 수가요! 하더군. 그래서 내가 봐도 되는 겁니까? 라고 물었지. 괜찮아요, 보세요, 하는 거야. 마치 자신의 수중에서 털어 내버리고 싶다는 듯이 말하기에.

사진과 영상 속의 자네를 보고 나서 그 분에게 조심스럽게 내가 말을 건넸지. 이것 좀 넘겨받아 볼 수 없겠느냐?…… 그렇게 된 거야."

원장은 이때부터 강민주 씨의 눈을 피하지 않았다.

"충격이란 걸 겪어본 일 있어? 몸에 무엇이 부딪힌 충격이 아니라, 앉은 자리에서 정신을 차릴 수 없이 머리를 정통으로 얻어맞은 듯한 충격 말이야!"

강민주 씨는 말이 없었다.

"자네가 찍힌 그것들을 바라보고 있자니 정신을 차릴 수 없더군. 세상에! 이 여자, 내 조카의 아내인데!…… 앞에 앉아 있는 그 고객 환자가 전연 눈치채지 못하게, 정말 태연한 척하면서. 하지만 내 마음속에선 지진이 일어나고 있었지. 내가 그 환자에게 무슨 말을 했던가? 아니, 그분이 갑자기 구토를 하기 시작했고, 손수건으로 입을 막고 급히 화장실로 갔어. 다시 자리에 와 앉기에 구토가 멎었느냐고? 물었지, 내가 정신을 좀 차리려고.

그분이 돌아가자, 형진이에게 그 영상을 보냈고, 자네에게도 보냈고, 그뿐이야! 마치 도둑질한 물건이라도 되는 양, 한순간도 내가 가지고 있고 싶지 않았거든. 그분이 나에게 말했던 바로 그분의 심정이 고스란히 내게 돌아온 듯했어. 무조건 빨리 털어내고 싶었어."

이모의 말이 끝났다.

강민주 씨는 고개를 떨군 채 눈물을 흘리고 있었다. 생각지 못한 죄송스러움이 그녀의 가슴을 후볐다. 이모가 받은 그 충격은 아무나 감당할 수 있을 것 같지 않았다.

"죄송해요!"

강민주 씨는 젖은 손수건을 뒤집었다.

"그 영상물, 저는 기억도 하지 못하는 것들이었어요."

그녀는 손수건을 집어넣고 이모를 바라보았다.

벌써 지나간 일. 그로 인해 벌어진 일들도 마무리된 지 오래되었고. 두 여인은 조금 전보다는 한결 편안해진 얼굴로 서로를 바라보고 있었다. 이제 강민주 씨의 마음은 이모를 원망하지 않고 있었다.

"형진이는 이렇게 말했어. 자네의 불륜 사실을. 아니, 아내의 불륜을 알게 된 순간을, 막 골목길을 도는데, 누구로부터 저격을 당해 자신의 몸 어딘가를 맞았고, 분명 치명상을 입은 것 같은데, 당장 죽지 않고 고통을 평생을 통해 겪으며, 살아가게 될 것 같다는 느낌을 받은 것 같았다고. 조카의 실토를 직접 들으면서 나는 그 아픔의 정도를 전율로 느끼지는 못했어. 그것은 본인이 아니면 느낄 수 없는 한계일 거야. 그날 가슴을 쥐어짜듯 내 앞에서 통곡하는 형진이의 모습을 영상으로 담아놓지 못한 것이 어떤 때는 아쉽기도 해."

강민주 씨를 바라보던 이모는 고개를 옆으로 돌렸다.

이모는 책상 오른쪽에 별도로 붙여진 서랍을 열고 편지 한 통을 꺼냈다. 그리고 다시 강민주 씨를 바라보며 말했다.

"이것은 1년 전 자네가 그 일로 정든 집을 떠나던 날, 자네 부부가 쓰던 안방 소파 쿠션 밑에 자네가 두고 간 편지야. 편지봉투를 뜯어 읽어본 건 나야. 자네 남편이었던 형진이는 이 모가 읽어보든지, 버리든지 해주세요, 했지. 나는 자네의 이 편지를 아주 자세히 읽어봤어. 여태껏 버리지 않고 갖고 있는 이유는 나도 모르겠어. 이 편지 내용 중 몇 가지만 형진이에게 이야기해 주었어. 다는 이야기하지 않았고. 더 이상 묻지도 않았어. 자네에게 돌려줄게 가져가."

이모는 책상 위의 봉투를 강민주 씨 앞으로 조용히 밀었다. 자신의 앞으로 밀려온 편지를 바라보는 강민주 씨의 두 눈이 다시 흐려지고 있었다. 그녀는 그걸 아주 천천히 핸드백에 넣었다.

"죄송합니다, 이모님. 가볼께요."

"아니, 그렇게 쉽게 일어나면 안 되지. 어려운 걸음을 했을 텐데. 하고 싶은 자네의 속내를 아직 꺼내지 않았잖아. 편히 앉아. 조금 있다 함께 식사하고 돌아가. 나도 자넬 무척이나 아꼈던 사람 중에 하나였을 테니까."

이모는 벌써 축축해진 눈에 손수건을 대고 있었다. 강민주 씨는 이모를 바라보며 찾아온 본 심의 마음을 다시 더듬어보기 시작했다. 이모의 말데로 다 끝나버린 일. 벌써 1년 전 돌이킬 수 없이 되어버린 사건이었지만, 다만 자신의 육체가 이끄는 데로 빠져들 수밖에 없었던 순간의 그때를, 자신의 이성적 억제능력의 한계를 넘고만 안타까웠던 그때를 이제는 누구에겐가 한번쯤은 하소연하고 싶었다.

"여자의 성이란 게 도대체 무엇인지? 이모님의 메시지를 받고부터 지금까지 생각해오고 있 지만 잘 모르겠어요. 다만 어떤 환경에서는 제어를 받지 않고 본성데로 움직이고마는, 일생 체험하지 않아야 될 체험을 했다고나 할까요?

저는 그 남자를 사랑하지 않았어요. 그런데도 거기까지 가게 되고 만 거예요. 치사한 변명 같지만 그게 그 순간 저의 이성의 한계였다고 말하고 싶어요. 제 이성의 제어능력과 제 육체가 겁없이 걸어간 길이 맞닿았다고 말하는 게 더 쉬운 표현일 것 같군요. 지금은 형진 씨에게 진정으로 용서를 빌었던 걸 마음속에 희미하게 기억만 하고 있으니까요. 인생의 끈끈한 반려자로서 한평생 함께 가고 싶은 사람과, 나도 모르게 내몸 깊숙한 곳에 숨겨져 있던 것을 끌어내 이상한 빛을 뽑게 해주는 사람이 따로 있을 수도 있겠다는 체험 말이에요. 그 끝이 인생에 어떤 불행을 안겨 줄 것이라는 새삼스러운 진실을 깨닫기까지는 시간이 좀 걸렸어요. 저는 체험으로 알았다고나 할까요? 몰라야 진정한 불행을 겪지 않게 된다는 사실도 체험으로 알았고요. 죄라면 알게 된 것이 뒤에 왔다는 거죠. 단란했던 가정을 파탄시킨 행위를 하고 나서, 상식 이하의 저능한 수준의 지껄임을 하고 있다는 비판을 받아도 할말은 없어요. 부딪치지 말았어야지! 하지만 어쩌다 부딪치면 깨지고마는 것을 저 역시 지니고 있었다는 것이 저로서는 한계일 수 밖에 없었다고 차라리 고백하고 싶어요.

이모님이 그 사진과 영상을 형진 씨와 저에게 보내주기 전까진, 우리 두 사람은 전과 하등 다름없이 서로 사랑하며 행복한 가정생활을 유지해 오고 있었어요. 그 정황은 이모님도 아시잖아요? 그래서 형진 씨에게 알리시기 전, 저에게 먼저 만남을 제안하셔야 했던 게 아니었느냐고 묻고 싶었던 거예요. 실제로 그 사람과의 만남을 아주 끝낸 뒤에, 이모님의 메시지를 받았으니까요. 저의 배신으로 생명처럼 여기는 신뢰가 깨졌다면 인생의 동반자로 함께 갈 수 없다는 건 이해해요. 충분히 그럴 수 있겠죠."

"……"

"이제 제가 그 사람과 만나고 있던 동안의 제 심경의 일단을 짧게 말해 볼게요. 저는 그 일로 아까도 말했듯이 제 가정에서 아내의 입장을 소홀히 해본 적이 없어요. 그 남자와의 접촉에서 부끄러운 체험을 하고만, 그것 말고는 집안의 가사나 아내의 역할에서 일체 일탈을 해본 적이 없어요. 이래서는 안 돼! 더이상은! 이쯤에서 멈춰야지! 끝을 내자! 그 사람을 만나는 동안 내내 그렇게 생각하고 있었어요. 아니, 멍청해진 순간들도 있었어요. 판단의 감각기관이 순간순간 사라진 듯한…… 제가 생각하기에도 제가 마치 이중성격 소유자 같은…… 제가 참 나쁜 사람이죠?"

이모는 이야기를 들으며 중간중간 퍽 놀랍다는 느낌을 받고 있었다. 감정이 비교적 배제된 정연한 논리 전개를 그동안 강민주에게서 들어본 적이 없기 때문이기도 했다. 똑똑하고, 예쁘고, 상냥한 조카의 아내로만 여겨왔다. 슬프게도 이제는 서먹한 남남이 된 것이 여간 아쉽지 않았다. 긴 이야기를 듣고 보니, 그 메시지를 보내지 않고 이 사람을 먼저 만났더라면, 두 사람만이 알고 있는 비밀로 하고, 더욱 정숙한 조카의 아내로 거듭 태어날 수도 있었겠구나, 하는 후회 같은 것이 아쉬움과 섞여 잠시 가슴속을 저미며 지나갔다.

"내가 사과할게! 자네를 먼저 만나지 않고 사진과 영상을 보낸 것에 대해! 진정이야. 후회하는 마음으로 사과할게, 받아 줘. 그리고 무척 아쉽군. 끝난 지 시간이 꽤 지났고, 불가능한 일인 줄 알고 있지만, 만약 관계가 복원만 될 수 있다면, 열 일을 제치고 내가 앞장서고 싶기도 하고."

강민주 씨는 이모의 말이 진정한 마음에서 하는 이야기임을 느낄 수 있었다. 그녀는 이제 이모에게 어떠한 여한도 없었다. 아쉽기는 강민주 씨도 마찬가지였다. 참 훌륭하고 좋은 남편의 젊은 이모라는 지난 세월 동안의 생각들이 아쉬움과 함께 떠올랐다. 이런 이모와의 이별이 슬펐다. 다시는 일부러 만나지 못할 대상이 되었다고 생각하니 더욱 그랬다.

"이만 가 볼게요."

강민주 씨는 천천히 자리에서 일어났다.

"나랑 같이 식사하고 가. 마지막 식사가 되고, 아니고, 따지지 말고. 같이 그냥 식사하고 싶다."

"아니요. 이별주 나누고 떠난다는 어느 유행가 가사가 갑자기 떠오르네요. 괜찮아요, 대신 짧은 제 편지 한 장 형진 씨에게 전해주실 수 있을까요?"

"편지?"

"네."

강민주 씨는 가방에서 연분홍색 편지봉투를 꺼냈다.

"밀봉이 되지 않았군. 그렇다면 내가 먼저 읽어보고 난 후, 여기서 확답 여부를 말해도 될까?"

"상관없어요. 읽어보세요."

두 사람은 선 채였고, 이모는 봉투 안의 편지를 꺼냈다. 내용은 이러했다.

……중략……

형진 씨, 내가 당신과 내 아들, 우리 세 가족이 함께 살던 정든 보금자리를 떠나오던, 영원히 돌아갈 수 없는 발걸음을 내디딘 후, 한때 잠시나마 당신을 원망했어. 이 사람 혹시 나를 자기 소유물로 여긴 건 아닐까? 라고. 내가 잠시 은밀하게 다른 대상과 접촉하는 기회가 당신의 야멸찬 증오의 대상에 꼭 올라야 하나? 라고 생각한 때가 있었어. 미안해. 당신의 아내였던 내가 잠시나마 그렇게 생각했다는 게 정말 미안해. 나 역시 욕망이 되었건, 무엇이 되었건 '내 것'이란 생각은 대단히 어리석은 관념이며 불행을 불러들이는 근원이 된다는 걸 깨닫기 위해 내 딴엔 애쓰며 살아왔다고 자부하고 있었는데, 막상 그 관념이 갑자기 실체가 되어 내 앞에 나타나자, 욕망의 대상을 안고 말았던 거야. 마치 까마득히 잊고 있던 행복추구권을 행사할 기회가 모처럼 찾아온 양. 아니, 그건 아니고, 이것도 즐거움의 하나인 건 분명 해, 이렇게 말이야. 그건 어딘가로부터 누구에게나 거저 주어진 것이며, 그때 나는 처음 시험해 본 것이라고, 잠시나마 나를 변명했던 그런 생각들을 거듭 사과할게. 나는 왜 그때의 불륜을 억제할 수 없었을까? 하는 문제는 내 남은 생애에 걸쳐 두고두고 후회스러운 문제로 남겨 두려고 해······.

"꼭 전해 줄게!"
이모가 말했다.
"안녕히 계세요, 이모님."
그녀는 돌아섰다. 이모는 문을 열고 나가는 강민주 씨를 말없이 바라보며 서 있었다.

＊ ＊ ＊

　토요일 정오. 주형진 씨는 L 회사 미국 지사에서 귀국해 본사 해
외영업부 수석부장으로 부임한 명호영 씨의 귀국을 환영하는 친
구들의 점심 모임에 참석했다. 그가 모임을 주선했다. 고등학교 시
절 절친한 5인 클럽이었으니, 귀국한 친구를 빼면 4명에 불과해 모
두가 주최자인 셈이었다. 변호사 친구, 성형외과 의사, 고등학교 수
학 교사, 자신.

　환영회에 참석한 친구는 대학 졸업 후 미국 유학길에 올라 학업
을 마치고, 바로 L 회사 현지 법인에 입사하여 줄곧 미국에서 생활
해 왔다. 고등학교 학생인 두 딸은 그곳에서 고등학교를 졸업하기
위해 미국에 남겨두고 혼자 귀국했다고 했다. 부인은 재작년 운전
중, LA 고속도로에서 사고를 당하여 사망하였고. 그때 현지 장례
식에 국내 친구들을 대표하여 변호사 친구가 LA로 가 장례식에
참석하고 돌아왔다. 국내에 괜찮은 집안의 처가와 본가가 모두 있
었지만, 두 딸이 화장한 엄마의 유해를 자신들이 미국에 있는 동
안 곁에 모시고 싶다고 호소해 양쪽 집안 어른들과 형제자매들이
시신을 국내로 운구하여 천주교 의식으로 장례를 치를 계획을 부
득이 포기할 수밖에 없었다고 했다. 어쨌든 부인의 유고는 명호용
씨에게 심각한 심리적 타격을 준 듯 보였다. 주형진 씨가 모임 장
소에 들어서자, 친구의 머리가 희끗희끗해진 것이 제일 먼 저 눈에

들어왔다. 국내에 있는 명호영 씨의 형제들을 알고 있는 터라, 그들의 머리는 그렇지 않았다.

1시 30분이 좀 지나 환영회 모임이 끝나고, 주형진 씨는 이모의 병원에 들렀다. 토요일이면 이모는 1시까지 병원 진료를 끝내고 잔무 정리를 하느라 항상 3시까지는 병원에 있었다.

"무슨 일로 오라고 했어? 이모."

이모의 방 소파에 앉으며 주형진 씨가 물었다.

"너에게 전해 줄 것도 있고, 네 얼굴도 보고 싶고. 서너 달 됐지? 네 얼굴 본 지가."

"그럴 거야. 전해줄 거란 뭐야?"

"네 전처가 지난주 이맘때 나를 만나러 왔어."

이모가 맞은편 자리에 앉으며 말했다.

"이 편지를 너에게 꼭 좀 전해달라고 하더구나. 처음부터 밀봉은 되지 않았어. 그전 편지는 돌려줬다."

"이모에게 온 이유가 그것 때문이야?"

주형진 씨의 목소리가 썩 편치 않게 들렸다. 이모였기에 망정이지, 불쾌함이 역력했다.

"아니, 1시간 넘게 함께 있었어. 일단 이 편지 받아."

주형진 씨는 편지를 받아 아무렇게나 주머니에 넣고 나갈게, 하고 일어섰다. 그는 전처와 이모가 무슨 얘기들을 나눈 건지는 듣고 싶지 않았다. 이모도 그건 잘 알고 있었다. 전해달라는 편지만 아니었다면, 강민주 씨를 만나게 된 걸 조카에게 이야기하고 싶지 않았다. 이모는 자리에서 일어선 조카를 붙잡지 않았다. 주형진 씨는 이모에게 와서 전처의 얘기를 듣게 되자, 오늘은 아닌가 싶었다. 친구들과의 점심 모임 장소와 이모의 병원이 세종로 근처였다. 종로5가에서 6시에 이연하 씨를 만나기까지 아직 시간이 많이 남아 있어 오랜만에 인도어 골프나 쳐볼지 하고 서울역 쪽으로 지하철을 탔다.

이날 주형진 씨와 이연하 씨의 만남은 두 번째였다. 그러니까 위급했던 이연하 씨의 상태가 있고 난 뒤, S 호텔에서 이연하 씨의 초청이 첫 만남이었고, 이번은 주형진 씨의 요청에 의한 만남이었다. 그동안 둘 사이에 안부를 묻는 간단한 전화 소통은 네 차례 가까이 있었다. 화사한 차림으로 들어오는 이연하 씨의 자태는 아름다웠다. 이모에게 건네받은 편지를 겉만 살펴보고 막 안주머니에 넣고 있던 주형진 씨는 아름답네, 하고 마음속으로 놀라고 있었다. 이연하 씨의 아름다움은 예나 다를 바 없었다. 그녀가 앞자리에 앉으며

"그동안 안녕하셨어요?"

하고 인사했다. 눈가의 미소가 주형진 씨의 마음에 흡족하게 와닿았다.

"난 잘 있었지요. 연하 씨는요?"

주형진 씨가 물었다.

"염려해 주시는 덕분에 잘 지내야죠."

그녀는 대답도 예쁘게 했다. 주문한 커피가 배달되었다. 그들은 천천히 커피를 마셨다. 이연하 씨는 줄곧 주형진 씨의 모습을 놓치지 않으며 차를 마셨다.

"감색 양복을 퍽 좋아하시나 봐요? 그것도 구로 감색으로."

주형진 씨는 찻잔을 내려놓으며 양복의 한쪽 소매 색깔을 바라보았다.

"그렇군요. 색이 너무 짙은 것 같군요. 좀 옅은 색으로 바꿔볼까요?"

"아뇨. 정말 멋있어요. 하얀 목선에 잘 어울리는 옷 색깔이에요. 언젠가부터 생명의 은인에 대한 작은 답례로 양복 한 벌 맞춰드리고 싶은 생각을 해오고 있는데…… 부끄러워 입이 떨어지질 않았어요."

의외의 이야기를 듣게 되자, 주형진 씨는 약간 긴장한 빛으로 연하 씨를 바라보았다.

"아뇨, 새삼 그럴 필요까진 없는데. 연하 씨가 좋아하는 색상으로 봄철 양복이 또 한 벌이 있습니다."

"양복 맞추실 때는 부인과 함께 가세요?"

"부인?……"

그는 조금 전 안주머니에 넣은 편지가 잘 꽂혀있는지, 확인이라도 하듯 왼손을 들어 주머니 속에 넣었다. 연하 씨는 다음의 이야기가 듣고 싶다는 듯 주형진 씨를 바라보고 있었다.

"제가 일을 벌이는 것을 양해해 주신다면, 사전에 부인께 사연을 말씀드리면 오해받지 않으시겠지요?"

주형진 씨는 더 이상 말이 없었다. 눈치 빠른 연하 씨는 주형진 씨에게 눈을 떼지 않았다. 바로 그때, 그들의 앞 가까이 기둥에 올려져 있는 커다란 TV가 켜지면서 KPOP 7인에 대한 병역면제 여부에 대한 문제가 국회 해당 상임위에서 부정적인 분위기 속에 토의가 진행되고 있다는 아나운서의 이야기가 흘러나왔다. 결국 그들에 대한 병역면제 법안은 통과되지 않았다는 뉴스로 이어지고 있었다.

"말도 안 되는 결과네요! 국회라는 곳이 국민의 의식 수준을 따라오지 못하고 있어요."

갑작스러운 이연하 씨의 논평이었다. 주형진 씨는 그녀를 바라보았다. TV는 주형진 씨의 등 뒤쪽에 있었다. 아나운서의 목소리는 그도 들을 수 있었다. 연하 씨는 아직도 TV에서 눈을 떼지 않고 있었다. TV에서 어떤 긍정적인 논평이라도 이어졌으면, 하는 눈치였다. 하지만, TV는 다른 이야기를 하기 시작했다.

"말도 안 돼요!"

그녀는 다시 한번 아쉽다고 말하며 그제야 주형진 씨를 바라보았다.

"국회의원 저분들, 마치 정의의 사도인 양, 법의 형평성과 공평성 이야기를 하는데, 그렇다 면 국제올림픽 메달리스트와 아세아 올림픽 금메달리스트. 아세아 올림픽에서 축구와 같은 단체경기에서는 금메달을 획득하면 선발선수 11명과 후보 대기 선 수까지 전원이 병역면제 혜택을 받고 있어요. 경기에서 국위선양을 했다는 것이 이유 아니겠어요? KPOP 7인의 국위선양은 이들 경기에서 얻은 메달 몇 개 정도에 그치는 게 아니잖아요! 이미 실시되고 있는 법적용 기준에서 공평성과 형평성을 따져 봐야지, 느닷없이 KPOP 쪽에만 신성한 병역의무 운운하며 통과시키지 않는 것은 법 제정의 정신과 운영 면에서 형평성을 저버리는 것으로 체육계와 순수예술 쪽에만 특혜를 주고 대중문화예술 쪽은 역차별하는 것이죠."

이연하 씨가 말했다. 아차! 연하 씨는 자신을 바라보고 있는 주형진 씨의 눈빛이 아까와는 확연히 다르다는 걸 알아채고 정신을 차리듯 자세를 고쳤다. 부드럽게 고쳐 앉았다.

"죄송해요. 그만 엉뚱한 뉴스에 잠깐 정신을 빼앗겼네요. 제가 가끔 이래요. 해당 사회적 이슈와 저와는 하등 이해관계가 없는데도 가끔 참지 못하고 열이 오를 때가 있어요."

이제 그녀는 상냥한 웃음을 지으며 말했다.

주형진 씨는 이미 이연하 씨의 다른 면을 보았다.

"나도 동감입니다. 연하 씨 생각과 같아요."

주형진 씨는 잠깐이었지만, 법과 사회상에 대한 그녀의 냉철한 의식 수준에 잘못 놀랐다. 단순히 아름다운 여성으로만 여겨서는 안 될 것 같았다.

"놀랍네요! 연하 씨의 사회관이랄까 가."

"그래요? 고맙습니다. 제가 또 어린애처럼 칭찬 듣기를 좋아하는 성격이 있어요. 말씀 들으니, 기분이 이렇게 좋네요."

"우리 만날 때마다 이것저것 서슴없이 이야기 많이 해요. 조목 조목 칭찬 아끼지 않을 테니."

주형진 씨가 모처럼 웃으며 말했다. 얼마만의 그의 웃음인가!

"그럼 만날 기회를 지금까지 보든 훨씬 많이 주셔야죠."

이제 그녀의 목청이 제법 단단해져 있었다.

"그렇게 하죠. 나한테만 맡기지 말고 연하 씨도 자주 행사하세요, 세 번 요청에 두 번은 응해 드릴 테니.."

"정말요?"

"약속할게요."

주형진 씨의 말이 끝나자, 그녀의 말이 이어졌다.

"큰아버지가 70년대 초 벨기에 유학을 하셨대요. 하루는 그곳 대사관에서 큰아버지에게 일주일 동안 좋은 아르바이트가 있다며 대사관으로 나오라고 해, 갔더니 마침 브뤼셀에서 열리고 있는 세계 만국박람회장 한국 코너에 나가 일주일 동안 한국관 방문객들에게 한국에서 출품한 상품을 설명해 주는 일이라고 하더래요. 현장에 나갔더니 코트라 직원이 하는 얘기가 상품은 두 가지입니다. 보시다시피 라면과 맥주죠, 하더란 거예요. 세상에! 그게 그 시절 한국경제의 수준이었겠죠. 프로복싱 선수가 챔피언벨트를 빼앗아 오면 온 매스컴에서 지면을 도배하듯 한 옛날 신문을 본 적이 있어요. 그런 시절에 올림픽 메달 획득이면 분명 국위를 선양했으니, 병역을 면제해 주는 것이 옳다고 할 수 있었겠죠. 그런 시절에 맞는 법 조항이 지금까지 유지되는 것도 이상하고, 유지하려면, 지금의 국가 위상에 맞게 법을 수정하여 다양한 방면으로 확대해야죠. 맥주와 라면밖에 해외박람회에 내놓을 수 없던 시절과 지금의 한국이 무엇이 같아요?? 전자, 자동차, 조선업 등 세계시장을 장악하고 있는 현격한 격세지감을 국가 지도급 인사들이 의식 수준에서 빨리 받아들이지 못하고 있다면 분명 국가적 불행이라 생각해요. 선진국이라고 부러워했던 서구 열강들과 이제 어깨를 나란히 하고 있고, 어떤 분야에서는 앞서가고 있잖아요. 현재의 국민 수준을 가로막지는 말아야죠. 선도하지는 못할망정! 그렇잖아요?"

주형진 씨는 연하 씨의 한쪽 어깨를 가볍게 터치했다. 칭찬을 넘어선 표시였다.

"일사천리 속사포 같아요!"

형진 씨가 말했다. 들을수록 놀라웠다.

"약국 언니는 내일까지 휴가래요."

"그럼 식사하러 가요."

두 사람은 자리에서 일어났다. 연하 씨는 형진 씨로부터 짧게나마 부인에 대한 이야기를 듣지 못한 게 약간 아쉬웠다.

다음 기회가 있겠지.

"말솜씨가 대단해요, 연하 씨."

형진 씨는 순수한 마음에서 다시 한 번 말했다.

"그래요? 오늘은 뭐든 인정받고 싶었는데…… 앞으로도 많이 인정해주세요. 그럼 제가 배로 갚아 드릴게요."

"그렇게 해보도록 하죠."

"고맙습니다."

그녀는 티 없이 밝은 웃음을 띤 얼굴로 형진 씨를 바라보았다. 벌써 그들은 꽤 오래된 사이처럼 보였다.

"식사는 정동교회 쪽으로 가서 하면 어때요? 덕수궁 돌담길도 좀 걸어보고 싶고, 밤이지만."

"연하 씨가 말했다.

"그래요."

대한문을 끼고 뻗은 넓지 않은 길에 들어서자 바람이 제법 쌀쌀하게 불어왔다. 체감기온이 종로 5가와는 달랐다. 형진 씨는 그녀의 옷차림을 잠깐 바라본 후, 좀 춥지 않을까? 싶어 오른쪽 돌담 쪽으로 걷는 게 어떨까 생각했지만, 그쪽에서 걸어오는 한 여성 역시 옷깃을 여미고 오는 듯해서 그냥 왼쪽 인도를 걷기로 했다.

다시 연하 씨를 바라보았다. 그녀는 아무런 말없이 앞을 보며 걸었다. 그는 자신이 재킷을 입고 있다는 걸 생각했다. 셔츠도 얇지 않고 두꺼운 편이었다. 그는 서슴지 않고 양복 자켓 벗어 그녀의 양 어깨에 얹어 주었다. 깜짝 놀란 그녀의 두 손이 아직 자신의 어깨에서 떨어지지 않은 형진 씨의 손 위에 겹쳐졌다. 그의 손을 잡고자 함이 아니었고, 갑자기 입혀진 옷에 손이 올라갔던 것이다.

"왜요? 전 괜찮아요. 춥지 않은데……."

"내 셔츠는 두껍고 조끼도 입었고 하니, 내손 놓고 옷 앞섶이나 여며요. 종로와 달리 바람이 생각지 않게 차갑네요."

그녀는 형진 씨를 바라보았다. 이제 그녀의 걸음은 느슨했다.

고마워요…… 오빠라고 불러야 하나요? 형진 씨라고 불러야 되나요?

형진 씨는 말없이 다시 연하 씨의 한쪽 어깨에 손을 얹었다. 그들은 앞을 보며 걸었다. '서울시청 서소문 청사'란 글씨가 눈에 들어왔다. 이 거리가 좀 변했나? 돌담은 여전한데. 옛날 초등학교 때 덕수궁으로 봄 소풍을 왔다가, 이곳 법원 경내에 들어와 여기가 법원이란 곳이라며, 법원이 무엇 하는 곳인지를 담임 선생님이 설명해 주셨는데 그 건물들이 시청 별관으로 바뀐 것 같았다. 새 건물이 몇 채 더 들어선 것 같기도 하고. 그들의 눈앞에 정동교회가 나타났다. 이곳도 그때는 울타리가 없었던 듯했는데…… 정동교회 앞에서 두 사람은 잠시 걸음을 멈췄다. 교회 마당에는 버스가 몇 대 주차 되어 있었다. 그들은 이화여고 앞을 지나며 학교가 꽤 역사가 깊다는 이야기를 나누며 걸었다. 해가 완전히 저물자 바람은 더 서늘했다. 걷는 길 쪽으로 한정식집이 눈에 들어왔다.

"우리 저 집 들어가요."

연하 씨가 말했다.

"종로 5가 갈비탕 집을 생각했는데, 여기도 갈비탕집이 있네요."

"신장이 크신 편이라 육류 단백질이 많이 필요하실 거예요."

두 사람은 계단을 올라 식당 안으로 들어섰다. 훈훈한 공기가 여간 좋지 않았다. 그녀는 형진 씨의 자켓을 벗어 건네주었다.

"제가 입혀드릴게요."

주형진 씨는 다시 옷을 건네주면서 웃으며 뒤돌아섰다. 그녀는 옷을 입혀준 뒤 그의 앞으로 돌아와 잘 입혀졌는지 바라보았다. 두 사람은 홀 안의 테이블에 앉아 음식을 주문했다. 물론 갈비탕 두 그릇을.

이연하 씨를 거주하는 아파트 근처까지 택시로 바래다주고 집에 들어오니 밤 11시 가까이 되어 있었다. 집안은 조용했다. 방으로 들어와 소파에 앉았다, 안주머니에 든 편지를 꺼내 탁자에 올려놓고 일어나 자켓을 벗어 옷걸이에 걸었다. 캔 맥주를 꺼내 잔에 따르지 않고 한 모금 그대로 마신 후, 전처의 편지를 천천히 읽기 시작했다. 전처가 집을 떠나며 자신에게 남겨놓고 간 편지를 이모에게 건네주었고, 편지의 결론은 사과로 끝났다고 이모는 말했지만, 전처는 한 가지 분명한 사고를 갖고 있다는 걸 그는 알고 있었다. '내 것'이란 소유관념을 철저히 배격하고 있고, 그건 대단히 잘못된 관념이란 것이었다. 그는 그런 내용이 쓰여 있는지 살피며 읽어나갔다.

꽤 지난 일로 언젠가 '틱낫한'이란 베트남출신 스님이 한국을 찾아와 어떤 스님의 통역으로 마음 수행에 관한 연설을 아내와 함께 주의 깊게 들었던 생각이 떠올랐다. 주형진 씨는 베트남 스님의 이야기들이 생소했다.

"관심이 많은가 보네. 메모까지 하는 걸 보니."

그때 그가 아내에게 했던 말이다. 아내는 프로그램이 끝났는데도 무언가 메모를 계속했다.

"나 사실 당신을 만나기 전부터 관심 갖고 온 분야야."

끓여놓은 홍차 두 잔을 탁자에 놓으며 아내가 말했다.

"이제 얘기지만, 할아버지 형제분 중에 스님이 한 분 계셨데요. 그리고 '속가'에 있을 때, 태어난 그분의 아들이 또 출가를 하려 하자, 윗대 할아버지가 손주를 멍석에 말아 챙챙 묶어놓은 채 하루 밤낮을 물 한 모금 주지 않고, 마당에 방치했다고 해요. 결국 그 손주가 자살로 세상을 하직하고 말았다나 봐요."

주형진 씨는 처음 듣는 이야기였다. 아내는 시간적으로 여유가 생기면 한 달만 틱낫한 스님이 운영하는 프랑스 소재 집단수행원에 가 있고 싶다고 했다. 그는 깜짝 놀랐다. 이 사람이 이 정도로 남방불교 수행에 관심이 많았었나! 그는 아내를 돌아다보았다. 아내는 홍차 잔을 내려놓으며

"나 혼자 기회를 만들어 볼까?"

그에게 물었다. 갑작스러운 물음에 그는 대답하지 못했다.

"종교를 지향하는 것도 유전인가?"

잠시 후 그가 아내에게 한 말이었다.

"내가 하고 있는 건, 마음의 눈으로 이 몸과 의식을 빈틈없이 알아차리는 수행일 뿐이야. 살아가는 동안 제멋대로 변화하는 의식에서 쏟아지는 정신적 고통과 주변의 영향에서 벗어나 심신을 평안하게 하기 위한 목적일 뿐, 어떤 사후세계를 염두에 두고 하는 것은 아니니까. 그러니 유전이라 할 것도 없고, 거기에, 당신이 훌륭한 남편이고, 내 아들이 잘 성장해 주고 있으니, 마음이 여유로워 갖게 된 거야. 가게 되면 당신과 함께 가야지."

아내는 여생을 바쳐 수행하는 꿈을 꾼 적도 있다고 했다. 심각하네! 그때부터 그는 불교 수행에 대해 조금씩 관심을 갖기 시작했다. 사랑하는 아내이고, 아내의 말을 듣고 보니, 한번 들은 걸로 끝낼 문제는 아닌 것 같아서였다. 국내에 틱낫한 스님처럼 운영하는 수행처를 찾을 수가 없었다. 아내가 관심을 갖고 있는 남방불교와 국내의 화두선이 다르다는 것도 조금씩 알기 시작했다. 그래서 우선 책을 구입하여 읽어보기 시작했다. 아내는 종종 그가 읽다가 펼쳐 놓은 쪽의 내용을 다음 날 자세히 설명해 주었다. 수준이 일상적인 상식수준을 넘어서 있는 것 같았다. 이것 참!……

무소유의 사상과 욕망에 집착하는 순간부터 괴로움의 씨앗이 싹튼다는 정도는 이론상으로만 이해하는 수준이 되었지만, 무상과 무아의 사상—세상의 모든 것은 덧없이 변하여 허무하고, 그 과정 속에 '나'라는 인격체는 어디에도 존재하지 않으며 '나의 것'

은 어디에도 없다는 붓다의 말씀은 어림도 없었고, 삶에 적용을 시도해 본 적도 없었다. 아직도 '무상, 고, 무아'라는 생소한 용어들에 대한 실체적 이해가 생활 속에서 조금치도 다가오지 않았다.

그는 아내의 불륜을 용서할 수 없을 뿐이었다. 그런 권한이 그에게 있느냐고 묻는다는 건 그에게는 다툼의 여지없이 잠꼬대로 들릴 뿐이었다. 전처가 즐겨 찾는 수행의 용어들 중에서 지금 그에게 들리는 것은 '인연'이란 두 글자뿐이었다. 인연이 끝났으면 따로 가야 되는 게 아닌가, 하는 것이다. 내 생명처럼 사랑했던 아내였기에. 지금 그의 가슴속은 다시 아파오기 시작했지만 지나간 일로 눈시울을 붉히고 싶지는 않았다. 양주병을 꺼내기 위해 일어섰다.

4장

우연(偶然)의 양편(兩便)

아버지의 장례식을 마치고 한 달쯤 뒤, 강민주 씨는 언니와 약
속한 밖에서의 점심시간에 맞추기 위해 자신의 방에서 서둘고 있
었다. 주초에 사무실에서 매듭지어야할 중요업무가 몇 가지가 있
어 서류들을 집에 가져와 정리하다보니 시간 가는 줄을 몰랐던 것
이다. 정신을 잃지 않고 살아야겠다고 다짐해 놓고, 일에 빠져들
면 다음 상황이 어떤 것이 대기하고 있는지를 번번이 잊곤 하네.
그 때문에 인생의 중대한 실수인 불륜도 헤어나지 못했던 게 아닌
가에 생각이 미치자, 그녀는 마지막 입던 옷을 중단하고 거울 속의
자신의 모습을 까칠한 눈으로 밉다는 듯 바라보았다. 그녀는 다시
서둘러 방문을 나섰다. 역시 언니와의 약속장소에 20여분이나 늦

었다. 가면서 좀 늦는다는 전화를 했다.

"미안해, 언니."

언니를 바라보며 자리에 앉았다. 언니의 눈빛은 너그러워 보였다.

"무슨 바쁜 일 있었어?"

"아니, 월요일 해야 할 업무량이 많아 집에 가져 와 좀 하다보니, 시간 가는 줄 몰랐어."

언니는 동생의 여기저기를 놓치지 않고 바라보고 있었다.

"이제 그만 죄책감에서 벗어나 마음을 편하게 가져. 너 자신을 생각하고, 엄마를 생각해서라도. 삶은 일직선이 아니야! 곡선에 맞닥뜨려 주저앉거나 넘어져선 안 돼"

언니가 말했다.

사실 언니는 며칠 전 변호사 남동생을 회사 밖으로 불러내 호되게 꾸짖었다. 단단히 벼르고 만났다. 이 사실을 강민주 씨는 모르고 있었다.

"민주 누나를 대하는 네 태도!…… 내가 더 이상 그냥 보고만 있을 수 없어 너를 만나자고 한 거야!"

이렇게 남매는 만났다. 그날 언니는 남동생을 보자마자 첫마디를 날카롭게 던졌다.

"도대체 남매라는 게 뭐냐! 손위 누나잖아! 너를 남달리 아낀 누나였잖아!"

예상치 못한 큰누나의 질책성 노여움에 그날 동생은 벙벙한 표정을 지은 채 말없이 큰누나를 바라만 보았다.

"너에게 민주 누나가 골치 아픈 이혼소송 등 사건의 마무리를 부탁한 것도 아닌데, 뭐야? 너의 시종일관하는, 민주누나를 대하는 냉정한 태도가?"

큰누나의 화는 쉽게 풀릴 것 같아 보이지 않았다. 좀처럼 화를 내지 않지만, 한번 화가 나면 물러서지 않는 큰누나의 성격을 알고 있는 남동생은 고개를 숙였다.

"미안해, 큰누나. 나도 모르게 작은누나를 대한 태도가 그렇게 된 것 같네. 큰누나한테 우선 사과할게, 작은누나한테 전해줘."

"내가 너에게 사과를 듣자고 널 보자고 한 게 아니야! 이유가 있는 것 같은데, 그게 뭔지 듣고 싶은 거야. 뭐냐? 네 매부였던 형진이 그 사람과 민주누나를 괴롭히자고 역할분담이라도 한 거야?"

"아니야, 누나! 그 매부, 지금은 매부가 아니지만, 만난 일도 없고, 통화한 사실도 없어."

이제 겨우 누나를 바로 마주 보며 동생이 말했다. 동생은 한 번도 자신에게 그런 모습을 보이지 않은 큰누나의 기세에 완전히 꺾여 있었다.

"사실 큰누나……."

이제 동생의 목소리는 아주 차분해 있었다.

"내가 사무실에서 이혼소송 문제를 많이 다루는 편이야."

누나도 동생의 모습을 조용히 바라보기 시작했다.

"특히 아내의 불륜으로 인한 소송에서 남은 가족들이 말할 수 없게 불행하게 되는 사례를 너무나 많이 목격했어."

동생은 그제야 자리에서 일어나 커피 두 잔을 가져와 앉았다.

"나도 모르게 그런 감정들이 작은누나에게 간 것을 부인하지 않을게. 미안해 큰누나."

남매는 천천히 찻잔을 들었다.

"네 성격이 퍽 신중한 편이잖아? 좀처럼 한쪽으로 편향되지 않고."

찻잔을 내려놓으며 누나가 말했다. 처음 그녀의 표정과 목소리와는 이제 좀 달랐다.

"나도 그런 편이라고 생각해. 그런데 누나, 내가 이혼소송을 주로 맡아 하면서 남편의 외도와 아내의 불륜은 좀 다르지 않나? 하는 생각을 갖게 되었어. 이런 거야. 가정의 평화를 깨트린 죄질은 같겠지만, 생리의 본질적 면에서 보면 아내의 불륜은 훨씬 심각한 문제를 낳을 수도 있다는. 만약 그로 인한 어떤 생리적 문제가 현실로 나타날 때는 그건 한 가정에 애당초 수습이 불가능한 비극의 극치를 이루고 만다는……"

동생의 말에 누나의 눈빛이 다시 달라졌다. 동글해진 눈으로 동생을 바라보았다. 그녀의 손엔 아직 찻잔이 들려 있었다. 누나는 동생의 말에 아무 대꾸도 하지 않았다. 그녀는 동생에게 의외의 이야기를 듣고 있는 중이었다.

"그런 점까지 생각하고 작은 누나를 미워해 온 거니?"

"아니, 그런 건 아니야."

동생은 뭔가 아쉬운 듯 누나를 바라보았다.

"사실 나는 작은누나의 그런 일로 그 매형을 잃게 된 것을 안타까움을 넘어, 아까워 죽겠어. 생각해 봐, 누나. 그만한 인물, 성격, 애국적 국가관까지 어느 것 하나 버릴 것 없는 사람이잖아? 누나는 그렇게 생각하지 않아?"

누나는 말이 없다.

"지나간 일이 되고 말았지만, 나는 그 매부를 두고 이런 생각까지 해본 일이 있어. 저 매부가 회계업무 직업을 그만두고 정치일선에 나서면 좋겠다. 그럼 법률적 자문은 내가 전담해 도와드리고. 타고난 운명이 어떤지는 모르지만, 갖추고 있는 천부적 자질과 신체적 조건만으로는 이 나라 최고위직까지 바라볼 수도 있는 사람이라고."

"그런 비슷한 얘기는 네 큰매부도 언젠가 나한테 한번 한 적이 있어."

누나가 말했다.

"얘기를 좀 바꿔볼까?"

동생은 다시 차를 주문하고 싶은지 카운터 겸 주방 쪽을 바라보았다.

"사건이 터지고 난 뒤, 작은 누나가 상대한 그 사람이 도대체 어떤 사람인지, 다른 쪽에서 일하고 있는 친구에게 부탁해, 그 사람이 자라온 환경에서부터 자세히 알아본 적이 있어."

큰누나의 눈이 다시 동글해졌다. 사실 궁금한 내용이었지만, 그 사람에 관한 얘기는 여동생에게 물어볼 수 없었고, 들은 적도 없었다. 여동생이 알고 있는 것보다, 이 동생이 쥐고 있는 정보가 훨씬 더 정확할 것 같기도 했다.

"아주 넉넉한 집안에서 태어나 자란 사람이더라고. 국내 굴지의 예술계통 중고등학교를 졸업하고, 어릴 적부터 훌륭한 선생에게 바이올린을 배워 중고등학교 때 국내의 콩쿠르에서 바이올린 분야 대상을 휩쓸다시피 했고, 그런데 대학진학 때 부모와 주위의 기대를 완전히 저버리고 엉뚱한 대학과 엉뚱한 학과를 선택했다는 거야. 그 때문에 부모, 특히 아버지의 노여움이 하늘을 찌를 듯했고, 내 생전에 두 번 다시 너를 보지 않겠다고 자식에게 절연선언을 하셨다는 거야. 본인은 집에서 쫓겨나다시피 했고, 밤무대에서 바이올린 연주 등 고학으로 고집스레 문예창작과인지를 졸업한 뒤, 생계수단으로 시나리오 작가 쪽으로 나갔지만, 빛을 보지 못하고 20년 넘게 아버지에 대한 적개심에 가까운 마음을 안고 제대로 된 삶의 패턴을 포기한 듯 살아왔다고 해. 원래는 머리도 뛰어났고, 괜찮은 인간이었던 것 같더라고. 무슨 연유가 있었는지, 최근에야 아버지가 아들에게 용서하겠다는 손길을 내밀었고, 근래에 아버지가 장로직분으로 있는 꽤 큰 교회에 나가 성가대 지휘를 맡게 되었다고 해. 작은누나가 거기에서 그 사람 만나게 된 게 아닐까?

"그런 것 같아."

큰누나는 동생의 이야기를 들으며, 얘가 혹시 그 사람이 돌싱이 된 거라면 같이 살기를 바라는 게 아닌가? 살짝 의구심이 들기 시작했다.

"너 혹시 작은누나가 그 사람 계속 만나기를 바라니?"

"아니, 그 반대야! 솔직히 난 민주누나가 먼저 그 사람에게 접근한 것이 아닌가? 불쾌히 여겨 왔어. 매형을 놔두고 그랬다면 작은누나야말로 잘못돼도 보통 잘못 된 게 아니지. 내가 들은 바로 그 인간은 오랫동안 정서불안 등으로 거의 삶을 포기하다시피 피동적 인간이 되어 있었다는 걸로 봐서, 민주누나가 오히려 일을 일으키지 않았나? 의심해 왔어."

"그건 네 추측성 짐작이라고 생각한다. 민주누나는 그 남자의 지나온 삶에 대해선 거의 모르고 있는 것 같았어."

"그럴 테지. 그 남자의 입으로 직접 듣지 않고는 알 수 없는, 오랜 기간에 걸친 신상 관련 문제니."

"……"

큰누나는 남동생에게서 옛날의 민주누나로 대하겠다는 다짐을 받고, 두 사람은 자리에서 일어났다.

"나를 보자고 한 건?……"

언니가 민주에게 물었다.

"그 사람이 처음으로 내게 문자를 보내왔는데, 더 늦기 전에 나에게 꼭 사과하고 싶고, 꼭 할 얘기도 있다고. 자기가 곧 입원하면 세상을 다시 보기는 어려울 것 같다고 하면서."

민주가 말했다.

"무슨 중병이라도 걸린 거야?"

언니가 물었다.

"췌장암 말기 판정을 받았다고 하네."

"사람은 밉지만, 안 됐구나. 그런데 사과의 내용은 뭐고? 사과의 말 말고, 다른 할 말이 또 있다는 뜻이야?"

"그런 것 같아. 어떻게 할까? 만나야 될까?"

"지금 네 마음은?"

"모르겠어, 어느 쪽이 좋을지."

"설마 중병을 앓고 있는 사람이 이상한 짓이야 하겠어?"

"오피스텔 열쇠도 넘겨줘야 해."

강민주 씨는 열쇠고리에서 노란색 열쇠 한 개를 골라 손가락에 쥐었다.

"언제부터 가지고 있던 거니?"

언니가 동생을 똑바로 바라보며 물었다. 순간 언니의 마음이 편치 않기 시작했다. 동생은 언니의 표정에서 그걸 재빨리 눈치챘다.

"오래전이야. 열쇠를 받고 난 후 이 열쇠 한 번도 사용해본 일 없고, 한 번도 그 오피스텔에 가지 않았어."

민주 씨가 말했다.

"3일 뒤 일요일 오전, 밖은 궂은비가 내리고 있었다. 강민주 씨는 두툼한 밤색 투피스 차림에 우비를 입고 택시를 탔다. 자신이 앉은 좌석 유리창에 안개가 끼어 뿌옇게 되자, 휴지 한 장을 꺼내 차창을 닦았다. 빗방울이 좀 더 굵어진 듯했다. 남편과 이혼을 하고나서부터 계절에 상관없이 궂은비가 질척하게 내리는 날이면, 강민주 씨는 우울감에 젖어드는 날이 많아졌다. 하게 되는 일도, 들려오는 소식들도 그녀의 쓸쓸한 마음을 살펴주지 않아 온 것 같았다. 그녀는 휴지 한 장을 더 꺼내 또 차창을 닦았다.

"히터 켜 들릴까요?"

택시 기사가 말했다.

"아니요, 괜찮습니다."

이날따라 차는 신호등에 자주 멈춰섰다. 30분 가까이 뒤에 차에서 내렸다. 남자가 살고 있는 오피스텔 건물을 끝까지 올려다보고나서 걸음을 떼놓기 시작했다. 엘리베이터에서 내려 초인종을 누르자, 누구인지 확인도 하지 않고 남자가 문을 열어주었다.

"오랜만이에요."

방문자가 먼저 말을 건넸다. 그리고 남자의 모습을 자세히 바라보았다. 말기환자라면 병색이 완연하고 수척해 있겠지? 하던 생각과는 달리 1년 전과 크게 달라져 보이지 않았다.

"들어와요, 서있지 말고."

방안에 들어와 주위를 살펴보자, 여자의 손길이 여기저기 닿은 듯 깨끗한 커튼, 정돈된 주방, 몇 가지 되지는 않지만, 제자리에 놓인 주방기구들. 바닥도, 침대시트도 깨끗했다.

"누가 자주 와서 살펴주나 보죠?"

우비를 소파 등받이에 걸쳐놓고 강민주 씨는 소파에 앉았다.

"고등학교에 다니는 두 딸이 번갈아 와주고 있어요. 차 한 잔 할까요?"

"그러죠. 내가 끓일게요."

강민주 씨는 일어섰다. 그녀는 주방으로 걸어가 필립스 커피보트에 물을 붓고 버튼을 아래로 눌렀다. 그야말로 금세 물이 끓기 시작했다. 1년 전 이 보트를 두 번 사용해 봤다. 잔 두 개에 뜨거워진 물을 붓고 작은 종이상자 안에 든 일회용 커피봉지 두 개를 꺼내 하나씩 탄 후, 스푼으로 저었다. 하얀 쟁반에 얹어 탁자로 왔다. 천천히 커피를 마시며 그녀는 잠시 생각했다. 췌장암이란 얘기는 그녀 자신이 끔찍스러운 생각이 들어 꺼내고 싶지 않았다.

"중한 질환일수록 병원 선택이 중요하다던데, 선택은 잘 했나요?"

강민주 씨는 소파의 등에 기댄 채 탁자의 커피잔을 물끄러미 바라만 보고 있는 남자에게 물었다.

"네, 최종검사 판정을 받은 대학병원에 입원하기로 날짜가 잡혔어요."

"……"

"…… 아버지가 5억 원이란 적지 않은 돈을 내게 주시더군요. 입원치료비가 아니고, 옛날 아버지의 정성어린 뜻을 어기고, 내 멋대로 대학 선택과 학과 선택을 한 때문에 얼마 전까지 의절하시다시

피 나를 가까이 오지 못하게 배척하셨지요. 내가 아버지 입장이었다고 해도, 아버지를 서운타고 할 순 없어요. 그 아버지가 입원 치료비 일체를 걱정하지 말라고 하시면서, 그 돈을 내게 주신 거죠. 왜 이 돈을 주시는 거냐고 했더니, 내가 대학 4년 동안 집에서 쫓겨나 고학 생활을 한 보상으로 2억, 나머지 3억은 내 결혼식을 외면하신, 그러니까 신랑 쪽이 마련해야 할 아파트 전세보증금 조로 주는 거니 받으라고 하시더군요. 받았죠. 시한부 판정을 받은 내 장례비는 따로 부담해 주시겠죠. 그러니 돈이 고스란히 내 계좌에 남게 되는군요."

남자는 커피잔을 들었다. 커피는 식어 있었다.

"주세요, 버리고 뜨거운 커피로 가져올게요."

강민주 씨가 말했다.

"괜찮아요."

남자는 잔을 놓지 않았다.

"그래서 저축이라고는 한 번도 해 본 일이 없어 내 계좌에 1억은 남겨두고 싶고, 전처와 두 딸에게 1억 원씩. 그러면 1억 원이 남는데, 이걸 민주 씨가 받아주셨으면 고맙겠습니다."

남자의 느릿느릿한 말이 끝나자. 강민주 씨는 깜짝 놀랐다. 그녀는 자리에서 벌떡 일어났다.

"천만에요! 그 돈을 왜 내가 받아요?"

그녀는 앉은 채 자신을 바라보지 않고 있는 남자를 내려다보았다. 남자는 강민주 씨의 놀라는 반응을 예상이라도 한 듯, 한점 흐

트러짐도 없이 그대로 조용히 앉아 있었다.

"내가 할 말은 아니지만, 두 딸에게 주세요. 그리고 대단히 불쾌해요! 잘못 보셨군요, 나라는 사람을."

그녀는 여전히 자리에 앉지 않았다.

"설마 그렇지는 않겠지만, 옛날 기생들이라면 이런 돈을 받았을까? 하는 생각까지 드는군요."

"그런 생각까지 든다면 정말 미안해요. 내가 한 말 정중히 취소할게요. 다만 나라는 사람을 어쩌다 알게 되어 단란했던 가정이 파탄 나고 불행하게 된 건 사실이고…… 미안합니다. 누구의 책임이 더 크다는 걸 떠나서 말입니다. 내 이 안타까운 연민의 정을 벗어놓고 떠나고 싶어 한 말이니, 자리에 앉아요. 마지막 가야 될 길이 앞에 있다 보니, 조급하게 내 주변 정리만을 위주로 생각하고 있는 게 사실입니다. 정상적인 사람이 한 말이 아니라고 여겨줘요."

남자가 말했다.

강민주 씨는 남자의 마지막 말을 듣고서야 자리에 앉았다. 두 사람의 이야기는 평범한 일상 의 이야기로 돌아가기 시작했다. 강민주 씨는 열쇠고리에서 노란색 키를 뽑아 탁자에 놓았다. 남자는 물끄러미 키를 바라보았다. 그는 강민주 씨가 이 키를 한 번도 사용하지 않았다는 걸 잘 알고 있었다. 그는 키를 집지 않았다.

"나를 찬양대에 나오게 했던 친구의 얘기로는……."

강민주 씨가 말했다.

"고등학교 졸업 즈음까지 신예 바이올린 연주가로 대단하셨다며…… 그런데 왜 고등학교를 졸업하면서 아예 바이올린을 버리고 퇴장해 버렸는지, 도무지 모르겠다고 하더군요."

"그 친구 분 아버지와 내 부친이 같은 교회 장로 직분으로 아주 가까우시죠."

이제 남자의 목소리는 차분하고 편안하게 들렸다.

"바이올린 입문을 4살 때 했고, 처음부터 국내 최고의 분에게 레슨을 받으면서 계속해서 고액의 레슨을 받았죠. 어머니가 내게 들어간 레슨비를 대충 계산해도 변두리의 웬만한 빌딩 한 채는 사고 남았을 거란 얘기를 한번 하신 적이 있어요. 아버지는 지금도 그렇지만 부자셨어요. 내가 고등학교를 졸업하면 국내대학 진학을 포기하고, 모스크바 '차이콥스키 콩쿠르'나 브뤼셀 '퀸 엘리자베스 콩쿠르'에 출연하자고 레슨 교수님과 상의하셨다면서, 콩쿠르에 당선 여부와는 관계없이 독일이나 오스트리아 유학을 보내주시겠다고 하셨죠."

"그런데 왜?"

그 이야기까지 듣고 난 강민주 씨는 실로 어안이 벙벙해졌다. 이 사람이 그런 사람이었나! 싶었다.

"왜 바이올린을 그만 두셨어요?"

그녀는 남자를 똑바로 바라보며 다시 한번 물었다.

"그게 그랬어요. 매번 아버지가 제대로 마련해 주신 독주회가 끝나고 나면 장내를 가득 메운 객석에서 우렁찬 박수소리가 터져 나왔고, 앵콜곡 박수를 계속 보내 주시고, 마지막 앵콜곡 연주가 끝나고 나면. 얼마 뒤 장내는 고요함을 넘어 죽음의 공포와 같은 적막감이 갑자기 나를 엄습해 오기 시작했죠. 그런 공포감을 고등학교 3학년 독주회 때부터 받기 시작했어요. 경험해 보지 못한 사람은 그 공포감이 어떤 종류의 공포감인지 상상을 하지 못할 거예요. 연주 시간이 밤일 때는 더 견디기 어려웠어요. 밤이면 무대 아래 텅 빈 객석, 지옥 같이 캄캄한 장내에서 귀신이 나타나 무대 위에 서있는 내 목에 죽음의 올가미를 던져 사정없이 나를 무대 아래로 끌어 내리는, 그런 공포의 상태에 빠지곤 했어요. 얼른 무대 뒤로 도망가 장막을 끌어당겨 몸을 숨긴 채 두 눈만으로 빼꼼히 캄캄한 객석을 바라보고 있으면, 이번엔 어마어마하게 큰 손이 내 뒤에서 내 목 뒷덜미를 낚아채 무대로 끌고나가 저만치 아래로 내동댕이쳐지는 공황상태! 그야말로 한순간에 꼴깍 숨을 거두는 죽음 따위는 아무것도 아니었죠. 그때의 나는 그런 공황 증상에서 한 발짝도 움직일 수 없었어요. 갑작스럽게 닥쳐온 이 공황증을 하소연한들 누가 들어주겠어요. 아버지한테?…… 천만에요! 아무도 내 말을 믿고 받아 줄 사람이 없었을 겁니다. 살기 위해서 연주자의 길을 포기한 것이 아니고, 더 이상 그 길을 걸어갈 수가 없었어요."

그때 문밖에서 노크 소리가 들리고, 잠시 후 교복을 입은 여학생 한 사람이 들어왔다.

"교회에서 아버지 문병 오신 분이시다."

남자가 얼른 딸에게 말했다. 강민주 씨는 자리에서 일어나 여학생에게 가볍게 고개를 한번 끄덕여 주었다. 학생은 강민주 씨가 누구인지 모르는 것 같았다.

"이만 가 보겠습니다. 치료 잘 받으시고 쾌유하세요."

그녀는 돌아서 나왔다. 그로부터 3개월 뒤 강민주 씨는 친구로부터 남자가 사망했다는 소식을 들었다. 그 소식을 들은 그날은 종일토록 비가 내리다 그치다 하고 있었다. 뚜렷하게 갈 곳을 정하지 않고 집을 나선 강민주 씨는 버스정류장을 좀 지나 길가에 서 있었다. 그녀가 택시를 기다리는 손님일 거라 추측한 듯 빈 택시 한 대가 그녀 앞으로 다가와 멈췄다. 강민주 씨는 택시기사의 추측이 맞다는 듯 택시 쪽으로 돌아섰다. 그녀는 차를 탔다. 아직 어딜 가자고 할까? 망설이고 있는 그녀에게 어디로 모실까요? 하고 기사가 물었다.

아프기 전까지 그 남자가 밤무대에 섰던 클럽이 있는 지역을 말했다. 클럽 안은 조금 전 시작된 듯 한산했다. 몇 사람이 한 팀인 듯 멀찍이 테이블에 앉아 있었다. 대부분의 테이블은 빈자리였다. 연주자 몇 명이 무대에 오르고 있었다. 가버리고 만 그 남자 대신 그 자리는 기타리스트가 전자기타를 메고 섰다. 남자의 모습은 그녀의 기억 속에 만 남아있을 뿐이었다. 갑자기 쓸쓸함이 그녀의 가슴속을 휘젓고 지나갔다. 그 사람은 첫 연주곡을 '울며 헤진 부산항'으로 했었는데…… 잠시 기다리며 기타리스트의 현에서 어떤 곡이 울릴지 지켜봤다. '돌지 않는 풍차'였다. 그 멜로디도 아는 노래였다. 그녀는 기타 리듬에 맞춰 마음속으로 노래를 따라 불렀다. 1절의 노래가 끝나고, 강민주 씨는 손짓으로 웨이터를 불렀다. 다가오는 웨이터의 얼굴을 보자, 아! 옛날 그 사람이네, 하고 놀랐다. 웨이터도 그녀를 기억하는지 안녕하세요, 라고 인사했다. 나를 기억하고 인사하시는 거예요? 하고 묻자, 네, 기억하고 있습니다, 라고 대답했다.

"저에게 바이올린 연주자를 불러 달라고 말씀하곤 하셨죠?"

웨이터가 말했다.

"맞아요, 그랬어요. 그분 자리에 기타리스트가 대신 서있군요."

강민주 씨가 말했다.

"저희 홀의 점잖은 고객분들 중 그분의 노래와 바이올린 연주를 아쉬워하는 분들이 아직도 꽤 많아요. 지배인이 그만한 분을 모셔 보려고 무척 애를 썼지만 이디 쉽나요. 이젠 포기하신 것 같아요."

강민주 씨는 일어나 마음속으로 무대를 향해 나이트여 안녕! 하고 돌아서 나왔다.

* * *

    여고 시절부터 친했고, 아직도 자주 연락을 주고받는 친구의 모친상에 강민주 씨는 문상을 하기 위해 대구의 장례식장에 내려왔다. 그녀는 친구 집안의 선산 장지가 있는 영천까지 다녀오느라 오후 5시쯤 돼서야 동대구역에서 서울행 KTX 열차를 탔다. 금요일, 7호 칸에 올라보니 빈 좌석이 하나도 없이 보일 정도여서 좀 불안했다. 혹시 내 자리가 없는 것은 아닐까, 의구심을 갖고 티켓의 좌석 번호를 다시 확인하고, 천천히 통로를 걸어갔다. 그녀의 좌석은 통로 중간쯤을 지나 진행 쪽 창가였다. 통로 쪽 자리에는 중년 남자가 탁자를 빼내 노트북을 올려놓고 무언가를 열심히 작업을 하고 있었다. 언뜻 바라보니 영문 작성을 하고 있는 것 같았다. 강민주 씨가 통로에 멈춰서 좌석을 확인하자, 남자는 그녀를 쳐다보지도 않고, 노트북을 한 손에 들고 탁자를 안으로 밀어 넣고 나서 두 무릎을 붙여 강민주 씨가 안으로 들어갈 수 있게 해주었다. 남자의 행동은 조금도 서둘지 않고 조용히 비켜주었다. 강민주 씨는 자리로 들어가다 남자의 발끝에 걸려 순간 넘어질 듯 아찔했다. 누구의 잘못도 아니었지만, 두 사람은 놀랐고, 그 끝은 좀 계면쩍게 끝났다.

    "고맙습니다. 통로를 내주셔서."

    강민주 씨는 그래도 자리에 앉고 나서 말했다. 어쨌든 그게 사실이었으니까.

"커튼을 올려도 되겠어요?"

그녀가 남자를 바라보며 물었다.

"물론입니다."

남자의 목소리는 부드러웠고, 인상적으로 들렸다. 그는 여전히 강민주 씨를 바라보지 않고 대답했다. 창밖을 바라보자, 4월 끝 무렵이라 기계로 논에 모내기를 하고 있었고, 하얀 백로가 드문드문 논바닥에 서 있는 것이 퍽 한가로워 보였다. 그녀는 잠시 저 백로들처럼 여유로운 삶을 살아가면 얼마나 좋을까? 하는 생각이 들었다. 내 남은 삶도 저렇게 소리 없이 조용히 살다가 끝나주면 좋으련만.

열차가 김천을 지나고 10분쯤 되었을까? 남자는 작업이 끝났는지 선반에서 가방을 내려 노트북을 넣고 가방을 선반에 올리지 않고, 통로의 의자 옆에 붙여 바닥에 놓았다. 강민주 씨는 살며시 남자의 동작을 바라보았다. 하얀 셔츠 위로 오른쪽 귀밑 볼이 보기 좋게 돋보였다. 문득 전남편이 떠올랐다. 그 사람도 목덜미 피부색이 하얗고 보기 좋았는데 이 사람도 그러네. 머리모양도 비슷해 보였다. 이 사람의 머리칼이 약간 희끗한 것 말고는. 깨끗한 남자 같네. 아직 두 눈은 보지 못했지만. 강민주 씨는 다시 고개를 창밖으로 돌렸다. 그때 남자의 전화벨이 울렸다. 남자는 벨소리를 강민주 씨에게 사과하고, 번호를 확인하고는 통화 대신 문자로 대답하는 것 같았다.

　내가 왜 이 남자에 자꾸 관심을 갖지?…… 강민주 씨는 몰래 부끄러운 미소를 살짝 짓고 나서 오늘 선산에 묻히신 친구의 어머니를 생각하기 시작했다. 강민주 씨가 고등학교에 입학하여 친구와 짝이 되었을 때, 친구는 오빠 얘기를 하면서, 여자들이 좋아하는 Y 대학에 입학하여 3학년이라 했다. 우리 엄마가 하신 말씀이 그랬어. 여자들이 좋아하는 대학이라고. 친구 엄마는 강민주 씨가 입학한 같은 계열의 중학교 교장이셨다. 그 엄마는 강민주 씨가 고등학교를 다니는 내내 쌍둥이 막내딸처럼 민주 씨를 예뻐해 주셨다.

　친구의 오빠가 ROTC 군사교육 훈련을 마치고, 전투복 차림에 반짝이는 소위 계급장을 달고 명령받은 전방부대로 출발하기 전, 여동생과 강민주 씨를 롯데리아로 불러내 빵과 아이스크림을 사 주었던 기억을 그녀는 지금도 아련한 추억으로 곱게 간직하고 있다. 유독 아이스크림을 좋아하던─지금도 그렇지만─강민주 씨는 오빠, 아이스크림 한개 더 먹을게요, 하고 일어나 판매대로 걸어가 크림을 한 개 더 사 갖고 돌아와 크림에 혀를 대고 맛있게 핥던 생각. 그때 그녀는 고등학교 3학년이었다. 그 오빠는 그해 첫 휴가 때도 같은 장소에 여동생과 민주 씨를 함께 불러내 빵과 아이스크림을 사주었다. 그녀는 두 번째는 어린애 취급을 받는 것 같아 조금은 부끄러웠지만, 첫 번째보다 오빠의 늠름한 모습이 더 보기 좋았다. 가슴이 설레며 얼굴이 붉어져 올라 자신이 놀랐다.

그것이 그 오빠의 건강한 모습을 본 마지막이 될 줄이야! 그는 그해 겨울 전방부대 소대장으로 동계 야전 CPX 훈련 중, 중상을 입고 국군 수도병원에 후송되어 중환자실에서 반년 가까이 치료를 받았지만, 끝내 회복하지 못하고, 세상을 떠나고 말았다. 그 오빠가 그렇게 되지 않았더라면 아마도 강민주 씨는 주형진 씨를 만나게 되지 않았을지도 모른다. 거의 그렇게 되었을 것이다. 친구 오빠의 생각이 구체적으로 이어지자, 강민주 씨는 혹시 나는 이성과의 인연의 끈이 아주 짧거나 약하게 세상에 태어난 게 아닐까? 하는 생각이 들었다. 한 사람은 인연을 맺자는 이야기가 나오기도 전에 아주 떠나갔고, 또 한 사람과는 확실한 인연을 맺고 자식까지 낳았지만, 끈이 뚝 잘리고…… 흘러간 옛 노래를 기막히게 부르고, 기막히게 바이올린을 켜던 그 남자도…… 여기까지 생각이 미치자, 소스라치게 놀라며 자세를 고쳐 앉았다. 정말 운명이란 게 있는 걸까? 스쳐 지나가는 우연이 아닐까?

어떤 생각 끝에 식은땀이 난 것은 이때가 처음이었던 것 같다. 세 사람 모두를 생각해 보니 모두가 훌륭한 면이 뚜렷하게 있고, 아주 괜찮은 사람들이었다. 그녀는 손수건을 꺼내 이마에 댔다. 열차의 안내방송이 곧 오성 역에 도착한다고 방송되고 있었다. 강민주 씨는 다시 한번 자세를 고쳐 앉고 옆자리의 남자를 의식하기 시작했다. 남자는 단정한 모습으로 눈을 감은 채 무릎 위에 두 손을 올려놓고 있었다. 잠든 건 아닌 것 같고, 혹시 명상을 하고 있나?…… 평택을 지나간다는 방송이 들려왔다. 열차는 광명역에서 다시 움직이기 시작했다. 얼마 후 열차는 종착역 서울역에 도착했다. 남자가 먼저 일어나 통로에 섰다. 강민주 씨는 남자로부터 두 사람 뒤에 섰다. 열차에서 내려 걷고 있는 두 사람의 간격은 비슷했다. 둘 사이에 사람은 없었다. 에스컬레이터에 두발을 디딘 남자가 뒤를 돌아보았다. 강민주 씨는 에스컬레이터에 막 첫발을 딛고 있었고…… 두 사람의 눈이 처음으로 마주쳤다. 대합실로 들어서자, 젊은 청년 한 사람이 남자를 맞이했고, 남자는 청년에게 가방을 건네준 후 또 한 번 돌아보았다. 강민주 씨는 청년이 들고 있는 가방을 바라보았다. 이름표가 붙어 있었지만 '명호X'로 끝 자를 마저 읽지 못했다. 청년은 조금 앞서 밖으로 걸어 나갔다.

명호X?…… 강민주 씨는 어디서 들어본 듯한 이름 같기도 했지만, 그뿐이었다. 두 사람은 벌써 택시에 승차하고 있었다. 강민주 씨는 지하철을 타기 위해 더 걸어갔다. 남자가 차창을 통해 강민주 씨의 뒷모습을 바라보았는지는 모른다.

* * *

2월 12일

강민주 씨의 아들 주영재가 중학교를 졸업하는 날이었다. 영하

10도를 넘나들던 닷새 동안의 차가웠던 날씨가 모처럼 풀려 낮 동안은 영상 5도까지 오른다는 예보였다. 강민주 씨는 아침 일찍부터 화장과 머리 손질을 마치고 난 후 벌써 1시간 가까이 자신의 방 책상에 앉아 움직일 줄 모르고 있었다. 어머니가 토스트 몇 개를 구워 쟁반에 커피잔을 얹어 탁자에 올려놓고 딸의 모습을 잠시 바라보다 문을 닫고 나갔다. 그녀는 엄마를 돌아보지 않았다.

중학교 1학년 아들을 두고 집을 나온 그녀였다. 하나뿐인 어린 아들을 남겨두고 집을 나올 수 밖에 없었던 자신이 도대체 지금까지 왜 살아왔는지, 도무지 의미를 찾을 수 없었다. 아들의 졸업식날도 며칠 전 해당 교육구청 중등교육과에 전화를 해보고 알았다. 학교에 직접 전화해볼까? 했지만, 학부모가 자녀의 졸업식 날을 학교에 묻는다는 게 이상하게 여길 것 같아 그 만 두었다. 아들에게서 전화는 오지 않았다. 졸업식장에 아이 아빠가 올 텐데, 어쩌면 좋지?…… 그녀는 답이 떠오르지 않았다. 하지만 벽시계가 9시 반을 가리키자, 강민주 씨는 자리에서 벌떡 일어났다. 그리고 지체 없이 출입문을 열고 밖으로 나왔다. 더 이상 지체할 시간이 없어 그녀는 택시를 타고 졸업식장으로 향했다. 학교입구에는 꽃을 파는 사람들이 늘어서 있었고, 교정은 벌써 학부모들로 붐볐다. 그녀는 엷은 주황색 스카프를 꺼내 머리에 쓰고, 선글라스를 오른손에 들고 조심스레 강당 쪽으로 걸어갔다. 졸업식장 강당은 가운데 돌기둥 양쪽으로 두 개의 출입문이 활짝 열려 있었다. 장내는 벌써 졸업생들과 그들 뒤쪽으로 학부모들이 자리를 꽉 메우고 앉아 있었다. 강민주 씨는 잠깐 선글라스를 낄까? 생각하다 왼쪽 끝줄에 두 좌석이 비어있는 걸 확인하고 조심스레 그쪽으로 걸음을 떼었다. 졸업식 개회를 알리는 마이크 소리가 장내를 크게 울리기 시작했다. 국민의례가 끝나고 모두 다시 자리에 앉았다.

그녀는 아들의 모습보다 주형진 씨의 모습이 눈에 띄일까에 신경이 모아져 있었다. 아직 눈에 띄지 않았다. 식이 계속 진행되는 도중, 갑자기 마이크를 통해 아들의 이름이 호명되고 있었다. 아들이 졸업생 수석 졸업에, 한국 최고의 영재들이 모이는 학교에 합격하였다는 내용이 이어졌다. 아들은 단상 앞으로 나아가 학교 이사장의 표창장을 받고 있었다. 강민주 씨는 이 모든 것이 현실인지, 다시 확인하듯 급히 두 눈을 부빈 후 다시 단상 쪽을 바라보았다. 거리가 멀지만, 잘 생긴 아들이 옆에 상장을 끼고 자리로 돌아오고 있었다. 그제야 그녀는 저 아이가 내 아들인가? 싶게 아들의 큰 키에 놀랐다. 영재의 키는 178 센티미터였다. 그사이 내 아들이 저렇게 자랐구나! 내가 없는 사이에…… 불현듯 엄마가 없어도 자식은 저대로 자라는구나 생각하니 이상했다. 마치 엄마란 존재가 별것이 아닌가? 싶어서였다. 잠시 딴 생각을 하다 보니 자리에 돌아와 앉은 아들의 뒷모습을 쉽게 찾을 수 없었다. 문득 아빠가 왔다면 어디선가 자기처럼 아들을 봤을 거라고 생각하니, 그녀는 다시 조심스러워졌다. 강민주 씨는 자신도 모르게 몸을 낮추고 있었다.

교가가 울려 퍼지고 식은 종료를 선언하고 있었다. 그녀는 가방에서 선글라스를 꺼내 썼다. 강당 앞쪽의 출입문으로 단상에 올라 있던 몇 분이 먼저 나간 후 창가 쪽으로 길게 앉아 있던 교사들이 모두 일어나 그중 몇 명은 졸업생들을 바라보며 장내의 퇴장 분위기를 살펴보고 있었다. 그렇게 장내는 텅 비어갔다. 그때까지 강민주 씨는 고개를 약간 숙인 채 자리에 앉아 있었다. 그녀는 천천히 일어섰다. 그리고 문자를 보냈다. 아들에게 보내는 것이었다.

엄마야, 우리 아들! 네 장한 모습을 다 보았다. 엄마가 국기 게양대 쪽에 있을게. 친구들과 사진 찍고 너의 일정이 다 끝나면 그쪽으로 와다오. 기다릴게.

그녀는 문자를 보낸 뒤, 강당 뒤쪽 문으로 천천히 걸어 나갔다. 아들에게 친구들과의 일정만 말했을 뿐, 분명 전남편이 왔을 텐데, 아빠와의 일정을 말하지 않은 게 잘한 걸까? 밖은 벌써 가족들로부터 꽃다발을 받던 졸업생들이 사방에서 가족들과 사진 촬영들을 하고 있었다. 화사한 대기가 따스한 공간으로 퍼지는 듯했다.

그때 저쪽에 서있는 아들이 눈에 띄었다. 그 옆에 아들의 아빠인 전남편이 특유의 감색 양복을 입고 서 있었다. 그리고 그 옆에 서 있는 낯선 여자 한 사람! 젊은 여자인데……? 검은 바지에 검은색 상의 정장 차림이었다. 처음 보는 여자였다. 그 여자가 아들에게 꽃다발을 안겨주고 있었다. 누구지? 저 여자!…… 강민주 씨는 신발 밑이 땅바닥에 붙기라도 한 듯 움직임이 없었다. 세 사람이 위치를 바꾸고 있었다. 낯선 여자가 아들과 아빠를 나란히 서있게 한 뒤, 몇 걸음 물러나 태양의 방향이 어딘지 올려다 본 후, 어깨에 메고 있던 카메라를 조절하고 있었다. 촬영을 하고, 한 발짝 더 물러나 한 컷을 또 찍고, 두 사람에게 앞쪽을 멀리 보라고 손짓한 뒤, 옆으로 몇 걸음 이동하여 두 사람의 측면 모습을 촬영하고 난 뒤, 그 여자가 앞으로 다가왔고, 이번엔 전남편이 자신의 전화기로 아들과 그 여자의 모습을 촬영하고 있다. 아빠도 몇 컷을 찍었다. 그리고 지나가는 사람에게 촬영을 부탁하며 아빠가 아들의 왼쪽에 섰다. 오른쪽은 낯선 그 여자였다. 아빠가 앞으로 나아가 전화기를 돌려받고 그 자리에 선 채 무엇인가를 하고 있었다. 아들에게 사진들을 넘겨주고 있는 중이었다. 아빠가 다가오자, 아들이 아빠에게 뭐라고 말하고 있다. 아들의 이야기를 듣고 있는 아빠의 표정은 볼 수 없었지만, 그 여자의 얼굴은 볼 수 있었다. 낯선 여자가 아들에게 뭐라고 말하자, 아들이 두 손을 들고 가벼이 흔들며 말하고 있었다. 난 괜찮아요, 이제 돌아가세요, 라고 사양하고 있는 걸까? 강민주 씨의 추측이 맞았다. 낯선 여자가 북악산정 근처 한 곳에 점심식사 예약을 해놓았으니 가자고 말했지만, 아들은 친구들과의 약속이 빽빽하다며 멀리 갈 수 없다고 대답하고 있었다. 아빠는 분명 아쉽다고 말했겠지만, 여전히 그 표정은 볼 수 없었다. 마침내 아들은 아빠와 아빠의 일행인 낯선 여자와 헤어지고 있었다. 두 사람이 아들에게 가볍게 손을 흔들고 교정 정문 쪽으로 걸어 나오기 시작했다. 강민주 씨는 얼른 몸을 돌렸다. 그리고 전화기를 꺼내 전화를 거는 척 고개를 숙였다. 두 사람이 정문 쪽으로 비스듬히 경사진 길을 내려가고 있다. 이제 강민주 씨는 두 사람의 뒷모습을 보았다. 정문이 불과 10여 미터 남았을까. 그때 강민주 씨의 전화기가 울렸다. 아들의 전화였다.

"알았다! 국기 계양대쪽으로 갈게. 금방 갈 수 있어."

그녀는 황급히 주머니에 전화기를 집어넣으며 뛰어가기 시작했다. 저만치 아들이 보였다.

"영재야! 여기 엄마!"

그녀가 소리쳤다. 평소의 그녀였다면, 너무 큰소리였지만, 부끄러울 게 없었다. 아들 앞에 멈춰선 그녀의 숨결이 가빴다.

"내 아들! 졸업식장 네 모습 다 봤어! 엄마가."

아들이 웃는다. 그녀는 아들을 힘껏 껴안았다. 아들의 어깨너머로 눈물이 흘러내렸다. 처음 겪어보는 기쁨의 눈물일진데, 그러나 이러면 안 되는데! 하지만 너무나도 북받치는 게 어찌된 일인가.

"엄마 창피해, 친구들이 보고 있어. 울지 마!"

아들이 말했다.

" 알았어! 안 울게. 기쁜 날, 내가 왜 이러는지 모르겠구나."

그녀는 얼른 손수건을 꺼내 눈물을 훔치며 아들의 얼굴을 뚫어지게 바라보았다.

"이렇게 컸구나! 내 아들이."

또 다시 눈물이 왈칵 솟구치려 하자, 그녀는 큰 헛기침으로 가까스레 벅차오름을 누르고 아들의 두 손을 잡았다.

"사진 찍을까, 엄마랑?"

" 그래, 엄마. 저기 저분 교내 전속사진사야."

모자는 사진사에게 부탁해 몇 장의 사진을 찍고, 두 사람의 전화기를 사진사에게 맡겨, 한 장면의 사진을 두 전화기에 담기를 몇 번 하고난 뒤, 이제 엄마는 아들의 모습을, 아들은 엄마의 모습을 자신들의 전화기에 담기 시작했다.

"어디로 갈까, 점심식사."

엄마가 물었다.

"엄마 가고 싶은 데로."

아들이 대답했다. 그때 영재를 부르는 친구들이 여럿 있었지만, 아들은 그들에게 손을 흔들 어주고, 엄마의 손을 잡고 정든 교정을 떠나는 걸음을 떼어놓기 시작했다. 교정 문을 나선 후, 아들은 돌아서 교정 쪽을 바라보았다. 엄마는 영재의 손을 놓고 잠시 기다려 주었다. 무엇이 아들의 마음을 붙드는지, 아들은 한참을 그대로 서있었다. 아들이 돌아서 엄마의 손을 다시 잡았다. 길가엔 택시를 기다리는 학부모와 졸업생들이 많이 서 있었다.

"엄마, 지금 살고 있는 곳이 이디야?"

갑자기 아들이 물었다.

"외할머니댁 아파트."

엄마가 아들을 돌아보며 말했다.

"그럼 외할머니한테 갈까?"

아들이 물었다.

"좋지! 그런데 바로 먹을 게 없는데……"

"난 짜장면이면 돼, 그걸 먹고 싶어."

"그럼 그리 가자. 너 중학교 입학한 날, 그때도 짜장면 먹고 싶다고 했잖아. 엄마 일하는 사무실 건물 아래층이었지. 그 집 그대로 있어."

"그래? 그럼 그리 가."

티 없는 얼굴로 영재가 말했다.

강민주 씨는 영재가 말한 할머니 집에서 방향을 바꿨다. 짜장면이면 배달 주문해도 되지만, 준비 없을 영재가 외할머니를 만나는 것도, 혹시라도 친정 동생들과 뜻하지 않게 부딪치게 될까봐 꺼려지기도 했다. 아직도 친정 동생들과 옛날 같지는 못했다. 영재에겐 외삼촌, 이모지만 추호라도 영재가 그들에게 옛날과 같지 않다는 느낌을 받게 될까봐, 망설여졌다. 영재가 소외감 같은 것을 받게 된다면, 이제는 형제지만, 그들을 가만두지 못할 것 같았다. 같은 건물의 요리집이고, 이날은 토요일이고, 영재와 오랜 이야기를 하기도 편할 것 같은 생각도 들었다. 역시 토요일 오후라 그런지 음식점 안은 한산했다. 주인 여자가 강민주 씨에게 공손히 인사했고 따뜻한 생강차 두 잔을 가져왔다.

"우리집 양반하고 제가 마시는 차예요."

주인여자가 말했다.

"고마워요."

강민주 씨가 말했다.

"그때보다 이 집 많이 변한 것 같네."

"응, 작년에 인테리어 공사했어."

식사가 끝나고 모자는 이야기를 시작했다.

"아까 졸업식장에 엄마는 못 봤겠지만, 아빠랑 함께 온 분이 한 사람 있었어."

강민주 씨는 조용히 아들의 얼굴을 바라보았다.

"간단하게 얘기할게. 아빠랑 결혼할 분이고…… 사실은 결혼한 거지. 벌써 아기가 태어났으니까."

영재는 말을 멈추고 고개를 숙인 채, 잠시 무엇을 생각하는 듯하다가 세 사람이 찍혀 있는 갤러리를 열었다.

"이분이야! 사진 넘겨줄까, 엄마?"

아들이 말했다.

엄마는 고개를 저었다.

"아빠는 할아버지가 계셔서 집에 들어오게 할 수도 없고, 그렇다고 아빠가 나가 살자니 어정쩡한가 봐. 할머니 말이 대충 그래."

아들은 말을 멈췄다.

"엄마, 놀라지 마! 내가 1년 전 자살을 하려고 했어. 할머니 때문에 실패했지만…… 그 일이 있고나서 할아버지부터 모두 내 눈치를 살펴. 눈에 띄게 나를 살펴."

"뭐라고!…… 뭐라고 했니! 너 지금! 자살이라니!……"

강민주 씨는 난생 처음 그야말로 가슴이 철렁 내려앉았다. 놀란 가슴 위에 두 손을 얹고 어찌할 바를 모른 채 식탁 앞으로 몸을 당겨 앉았다.

"그 얘긴 나중에 해 줄게."

아들은 지금 엄마를 진정시켜드려야 한다고 생각했다. 강민주 씨는 연거푸 가쁘게 숨을 몰아쉬고 있었다.

"엄마, 내가 지금까지 살아가고 있는 힘은 할아버지 때문이야. 이틀 만에 병원에서 깨어난 그 일이 있은 후, 할아버지는 며칠을 두고 아빠를 앉혀놓고, 그전 할아버지와는 정말 다른 모습을 보여주셨어. 네 회사 일 빼놓고는 모든 걸 영재 위주로 살아가! 영재에게 물을 필요도 없다! 네 생각이 짧으면 나한테 물어! 라고. 더 심한 말씀도 아빠한테 하셨어. 한번 시작하시면 10분 이상을 아파트가 울릴 만큼 할아버지의 노여움이 끔찍할 정도셨어. 숱한 말씀 중에 엄마를 직접 들먹이는 말씀은 없었지만, '모든 것은 사내 책임이야! 어떤 집안이고!' 이렇게 말씀을 끝내시더라고."

영재는 말을 끝내고 있었다. 영재의 맞은편 자리. 소리 없이 흐느끼며 울고 있는 엄마를 영재는 바라보지 않았다.

"미안하다! 엄마가, 영재야"

얼마가 지났을까. 이 말을 하면서 강민주 씨는 기어코 복받치는 슬픔을 더 이상 참지 못하고 헉! 하며 토해냈다. 그녀는 수건으로 자신의 코와 입을 한참 동안 움켜 싸 막았다. 그러고나서 긴 한숨과 함께 울음이 멈춰지고 있었다. 그녀의 두 눈이 붉게 물들었다.

그녀는 앞에 앉아있는 아들을 잊은 듯 고개를 좌우로 몇 번 흔들고 나서야 비로소 영재를 바라보았다. 물끄러미 앞에 앉아 있는 저 애가 내 아들인지? 아닌지? 살펴보는 듯한 눈빛처럼 보였다.

"변리사란 뭐하는 직업이야, 엄마?"

영재가 엄마에게 물었다.

"…… 풀무원, 오뚜기 식품, 현대자동차 앞과 뒤의 H자 마크 등, 상표나 상호등록, 그리고 저작권에 관한 업무를 대리해 해주고, 그런 특허나 저작권이 침해받으면 법률적인 심판에 참여하는 전문적인 직업이야. 대충 그렇게 알고 있어. 변호사처럼 시험에 합격해야하고 시험이 쉽지는 않아. 그걸 왜 물어?"

"검은 옷 입고 아빠와 함께 온 그분이 변리사라나 봐."

영재가 말했다.

"엄마는 회계사지?"

"응, 아빠도 그렇고."

"이모할머니는 의사…… 이보다 더 높은 건 뭐가 있을까?"

영재가 엄마에게 물었다.

"장관이나, 대통령이겠지."

"엄마, 난 남을 리드하려고 덤비거나, 심판하려고 하는 사람은 싫어. 용서할 줄 모르는 사람은 더욱 싫고, 제일 싫어. 내 책상 앞에 용서라는 단어! 용서하고, 안 하고, 어느 쪽에 쓰라고 생겨난 단어일까? 이렇게 적어놓고, 1년 동안 죽도록 공부했어. 그래서 그

학교에 합격한 거야. 아빠가 내 이글을 보고, 그 뒤론 내방에 들어오지 않아. 솔직히 아빠를 두고 쓴 표어니까. 엄마도 포함돼. 엄마는 용서를 구하는 쪽에 있는 것이 다를 뿐이지."

강민주 씨는 말문이 아주 닫힌 듯 아들의 얼굴만을 바라보고 있었다. 그녀의 두 눈의 생기는 이미 사라지고 없었다.

"나는 집을 떠나기 위해 그 학교를 선택한 거야, 방학 때도 집에 오지 않겠다고 할아버지한테 말했어. 그 학교에 다니고 있는 선배가 말하길, 3학년 때는 미국 대학에 장학생 유학신청을 한다고들 하니까, 미국에 가게 되면 돌아오지 않으려고 해. 결혼도 하지 않을 거고."

"……."

"내가 엄마한테 한 가지 부탁해도 될까?"

"그럼. 말해! 뭐든. 내가 할 수 있는 일이면, 다 들어줄게."

"엄마가 아빠처럼 재혼하는 거, 나 상관 안 해. 다만 아빠처럼 내 동생을 갖지 않았으면 해! 할머니는 그 아이가 내 동생이라고 하는데, 할머니의 손주인지는 몰라도 내 동생은 아니잖아! 내가 엄마한테 무리한 요구를 하는 거야?"

아들이 물었다.

"아니, 절대로! 무리한 요구 아니야."

"한 가지 더. 재혼할 분 쪽에 나보다 더 어린아이들이 있는 것도 싫어! 그 아이들이 엄마한테 엄마!라고 매달리며 부를 텐데, 그거 상상만 해도 끔찍하게 싫어!"

강민주 씨는 식탁에 두 팔을 얹고 엎드리듯 천천히 윗몸을 숙였다.

"약속할게……!"

엄마의 얼굴은 기어이 식탁에 닿을 듯 깊이 숙여졌다. 울음소리를 꿀꺽꿀꺽 삼켜 가면서 엄마의 통곡은 정말 시작되었다. 얼마동안 울고 난 그녀는 고개를 들고 눈물도 닦지 않은 채 아들을 바라보았다. 아들의 모습이 흐릿하게 보였다.

"엄마도 너에게 한 가지 부탁할 게 있는데……."

"뭔데 엄마?"

그녀는 그제야 아들의 두 볼이 흥건히 젖어있는 모습을 보았다.

"눈물 닦아!"

손수건을 건네주자, 영재가 받았다.

"내일 은행계좌를 열고, 계좌번호를 바로 엄마한테 알려줘."

"돈 보내 줄려고? 안 그래도 돼, 엄마. 우리 할아버지 부자잖아!"

"할아버지 돈과 너를 낳은 엄마의 돈은 달라. 엄마가 세상에 살아있는 동안 그 계좌를 이용할 거니까, 계좌를 바꾸지 마."

영재는 그러겠다고 엄마에게 약속했다.

모자는 거리로 나왔고, 지나가는 사람들을 아랑곳 하지 않고, 그녀는 키 큰 아들을 한동안 포옹한 후, 아들과 헤어졌다.

영재의 졸업식이 있는 다음날 일요일 오전 10시, 이연하 씨의 사촌 언니가 연하 씨의 아파트 초인종을 누르고 있었다. 문을 연 사람은 연하 씨의 부친으로 그녀에게는 작은아버지가 되는 분이었다. 등산복 차림이었다.

"어디 가세요? 작은 아버지."

"등산 간다. 오랜만이구나. 약국 근무는 잘 하고?"

"네, 조심하시고, 잘 다녀오세요."

"그러마, 들어가라. 연하 방안에 있다."

그녀가 아직 닫히지 않은 출입문을 좀 더 열고 안으로 들어서자, 연하 씨가 초인종 소리를 듣고, 누가 왔나? 싶었는지, 아기를 안고 거실에 나와 있었다. 연하 씨는 아기에게 젖병을 물리고 있었다.

"연락도 없이 어쩐 일이야? 언니."

"어쩐 일이긴, 꼭 연락하고 와야 되는 집이니?"

"그렇진 않지만."

언니의 손에 들려 있는 종이가방에는 젖먹이 아기에게 필요한 기저귀 등 여러가지 용품들이 들어 있었고, 다른 손 종이가방에는 아기 옷 두벌이 들어 있었다.

"어디 좀 보자."

그녀가 가까이 다가가 연하 씨 품안에서 젖병을 빨고 있는 아기를 들여다보았다. 초롱초롱한 두 눈이 마치 사촌 이모인 자신을 알아보고 있는 듯해서 신기했다. 아기를 길러본 것이 벌써 10여년이 되어가니 새삼스러운 느낌이 들기도 했다.

"아기 좀 안고 있어, 언니. 차 끓여 올게."

언니는 아니, 내가 끓여 올게, 하려다가 아기를 받아 안았다. 딴 사람에게 안기는 데도 아기는 울지 않았다.

"잘생겼네."

토실토실한 아기를 들여다보며 그녀가 말했다. 아기를 길러본 경험이 있었기에, 이대로만 커주면 정말 잘생긴 인물이 될 것 같았다. 아빠와 엄마 모습들이 그러니 틀림없겠지. 그 사이 차를 끓인 아기엄마가 찻잔을 탁자에 내려놓고 언니에게 아기를 받아 유모차에 태웠다. 아기는 여전히 울지 않고 방긋이 웃고 있었다.

"우유는 토요일과 일요일에만 먹여. 몽고인 유모가 토요일과 일요일엔 쉬고 오지 않거든."

연하 씨가 말했다.

"몽고인 유모를 써?"

"응, 또래의 아기를 데리고 왔다가 내가 퇴근하여 집에 돌아오면, 그때 돌아가."

"몽고인이라니, 어쩐지 신기한 생각이 든다."

"우리네와 생긴 모습이 똑 같고, 한국말도 잘해. 3년 전 한국 남성과 결혼하기 위해 입국한 여성이야. 같은 우랄알타이계 언어를 쓴다 하고, 아기 엉덩이에 푸른 몽고반점도 같다고 하잖아. 그래서 젖도 같겠다는 생각이 들어서. 나 욕심 많지?"

"아이구, 거기까지 생각하고 유모를 구한 거야?"

"그랬다니까. 이제 내 나이에 얘가 처음이자, 마지막이지. 형진오빠 바람도 그렇고."

"요즘 졸업시즌인데, 형진 씨 아들 졸업식은……?"

언니가 물었다.

"어제 졸업식장에 다녀왔어?"

"같이?"

"응."

"어땠어?"

"뭐가?"

"졸업하는 아이하고 분위기가?"

"내가 그 아이를 보기는 어제가 처음이잖아. 키가 크고 장성한 모습이라 아이라고 할 수도 없지만, 그런대로 괜찮았어. 처음 보자마자 내가 누구란 걸 알고 있는 것 같더라고. 별다른 내색 없이 와 주셨군요, 하더라고. 나보다 그 애 아빠인 형진 씨가 혹시나 하는 생각을 갖고 있었던지, 조심스러워하는 모습이었어. 사진을 같이 몇 장 찍고, 점심을 같이 할 곳을 예약했다고 했더니, 친구들과의 약속이 너무 많아 안 되겠다고, 두 분만 가셔서 즐겁게 드시라고. 제가 옆에 참석한 걸로 생각하시고. 이렇게 말하는 것이 여간 어른스러웠어."

연하 씨가 말했다.

"그랬구나. 첫 만남이 중요한데 다행이다."

사촌 자매는 멈춤 없이 이야기를 이어갔다. 자매는 아직 찻잔에 손을 대지 않고 있었다.

"차 식었겠네. 다시 데워 올게."

동생이 쟁반을 들고 일어섰다.

"언니 점심까지 하고 가."

"그렇게 생각하고 왔어."

자매는 탁자를 사이에 두고 소파에 마주 앉았다.

"아직 형진 씨 아버님은 직접 뵙지 못했어. 형진 씨가 조심스럽게 몇 번을 시도해 보려다가 아직은 아닌 것 같다고 하더라고, 참 재미있지 언니? 형진 씨 말이. '아직은 아닌 것 같아' 이런 말이. 자기 부인이 되고, 아이까지 낳은 나에게 티 없이 말할 수 있다는 성격이 말이야."

연하 씨가 말했다. 그녀의 얼굴이 티 없이 밝았다.

"내 생각에 그건 아닌 것 같은데."

"그분 아버지의 성격과 살아오신 것이 대단한 분이신 것 같아. 아들을 앞에 앉혀놓고 당신의 전재산을 아들을 건너뛰어 손주에게 전부를 상속시켜 줄 거라고 공개적으로 하셨다는 걸 봐서도."

"재산이 많은 분이셔?"

"그러신가 봐. 그런 거야 상관없어. 그분 생전에 나를 며느리로 받아 주시기만 한다면."

"네가 아깝다! 아깝고 말고."

"아니, 언니. 그건 형진 씨를 잘 몰라서 하는 말이야. 내게는 나를 살려준 생명의 은인으로 인연이 시작되었지만. 그만한 인품과 인물을 내 형편에 만나기란 결코 쉽지 않아. 나는 지금 그분의 아내가 된 게 행복해. 아이를 뱃속에 갖고 아버지에게 형진 씨를 인사시키자, 그만하면 사람은 훌륭하다 하시더라고. 대충 사정을 말씀드려 아시면서도."

두 사람은 잠시 말이 없었다.

"점심 배달시키자, 언니. 벌써 시간이 이렇게 됐네."

정오가 훨씬 지나 있었다. 도시락을 주문하여 자매는 식사를 마쳤다. 유모차의 아기는 깊이 잠들어 있었다.

"아까 네가 한 얘기 중에 '내 형편에'라고 했지? 그 말 취소해! 내가 듣기에 정말 마음에 안 드는 말이야."

언니가 동생을 나무라듯 말했다.

"언니 마음에 안 들면 그럴게. 달리 한 얘기가 아니고, 형진 씨 주변에 걸려 있는 사정들을 빼고, 딱 사람만 보면 그렇다는 얘기였어."

연하 씨는 커피를 끓여왔다.

"언니가 오기 전, 아까 형진 씨 메일이 왔어. 3월 초 손주가 고등학교에 입학을 하고나면 혼인신고를 하고 아이 출생신고도 마치라고 하셨다네."

"그 노인 왜 그렇게 까다롭게 구셔? 당체 이해가 안 간다."

동생의 말에 언니가 정색을 하며 말했다.

"아니야, 언니. 아버지라도 크게 다르지 않으셨을 것 같아."

동생은 언니에게 커피를 마시라고 권했다. 찻잔을 든 언니는 커피를 마시면서 동생을 바라보고 있었다.

"1년 전 그 애가 자살을 시도했다는 거야."

동생의 말에 언니는 크게 놀라는 기색을 보이며 입에서 찻잔을 뗐다.

"방안에 번개탄을 피워놓고. 다 저녁 때 마침 집안에 두 노인이 계셨는데, 할머니가 어쩐지 예감이 이상해 손주 방 앞으로 와 손주를 부르자, 문이 안으로 잠긴 채 대답이 없고, 방안에 인기척을 들어 보고서, 문을 안으로 미니, 문틈으로 번개탄 냄새를 맡게 되셨다는 거야."

연하 씨는 말을 멈추고 잠시 무슨 생각에 잠긴 듯 하다, 다시 말하기 시작했다.

"깜짝 놀라 안방에 계신 할아버지를 외마디로 불렀고, 쫓아나온 할아버지 역시 같은 냄새가 맡아지자, 방문 열쇠를 찾아볼 겨를도 없이 신발장으로 뛰어가 구두를 꺼내 신고 달려들면서 발길로 문짝을 부셨다는 거야…… 손주는 침대에 엎드려 널브러진 채 대답이 없고, 책상 위엔 둥근 사기접시에 번개탄이 타들어가고 고…… 119에 실려가 이틀 만에 의식을 회복했다는 거야. 노인의 불같은 호령이 그때부터 시작됐다고 해. 평소의 성격도 대쪽같이 강직하셨다니. 너희들 혼인신고 받아줄 수 없고, 갓난아기 손주로 받아드릴 수 없으니, 아예 출생신고 할 생각하지 말라고! 그 끝에 상속재산 문제까지 선언하셨다는데, 충분히 이해할 수 있어. 생각해봐, 언니. 오죽 마음이 아프셨으면 그러셨겠어? 두 사람 앞에 불거진 이혼문제에 손주가 무슨 죄가 있어? 오로지 피해자일 뿐이잖아?"

마치 동생이 직접 겪은 듯이, 구구절절한 이야기에 언니는 이제 말이 없었다.

"할아버지 발길질에 구멍이 뻥 뚫린 손주 방 문짝을 병원에서 회복되어 돌아온 손주가 문짝 갈지 말고 그대로 둬 주세요, 라고 할아버지에게 말했다는군, 그 할아버지에 그 손주지?"

연하 씨가 언니를 바라보았다.

"그래서 문짝 바꾸지 않고 그대로 뒀다는 거야?"

언니 또한 하염없다는 듯 동생을 바라보았다.

"응, 할머니가 창호지 몇 장을 겹쳐 붙여 놓으셨고, 중간에 찢어져 몇 번 갈아 붙이셨다나봐. 그 손주가 그 방에서 1년을 공부해 이번에 M고등학교에 합격했어."

"야……! 형진 씨 성격도 그러면 어쩌니?"

"천만다행히도 그렇지 않아. 그렇잖아도 이런저런 사정얘기 얻어듣다 내가 물어봤지. 성격 닮은 점 있어요? 했더니, 아니래. 자기는 어머니 성격을 닮았다고, 절대 닮지 않았으니 염려하지 말라고 하더라고."

"그 말 믿는 거야?"

언니는 염려스럽다는 듯 물었다.

"응, 믿어. 사람이 참 순수해."

연하 씨는 긴 이야기를 멈췄다. 이미 그녀는 자신이 갑작스레 어머니를 잃게 되어 유학을 포기했고, 정신을 잃고 길가에 쓰러진 우연으로 주형진 씨를 만나 오늘에 이르렀고, 그 역시 아내의 불륜이란 예기치 못한 특이한 불행을 겪고, 혼자 몸이 되었기에, 자신과 깊은 관계에까지 이르게 된 것들을 더듬어 보았다. 티베트인들이 신봉하는 카르마의 길에 두 사람이 실린 게 아닌가? 싶어졌다. 그렇다면 운명일 수도 있겠다고. 크나큰 운명의 소용돌이 속에 두 사람이 함께 돌고 있는 것일 수도. 머지않아 노인의 노여움이 풀려 떳떳한 부부가 되면, 그때부터는 삶의 형태를 그런그런 삶으로 누구나 평범하게 걸어가는 길로는 이끌고 가지 않아야겠다고 생각해왔다. 그러나 아직은 때가 아닌 것 같아 형진 씨에게 자신의 구상을 말하지 않았지만, 크게 염려하지 않아도 될 것 같은 생각이 들었다. 그녀는 차츰 생각을 가다듬고 있었다. 연하 씨는 언니에게 이 뜻을 슬쩍 내비쳤다.

"꼭 그렇게 해보고 싶어! 옛날 분들 이야기에, 짧게 살더라도 굵게 살다 가고 싶다는, 그런 쪽의 삶을 살고 싶어. 형진 씨와 함께 그러고 싶어."

"혹시 정치방면 쪽으로 나가게 해보겠다는 거야, 형진 씨를?"

언니가 물었다. 동생은 조용히 고개를 끄덕였다.

"그만한 정직성과 능력과 인품을 나 혼자 독차지하고 싶지 않아. 충분히 공익을 위해서, 사회나 국가를 위해서 할 수 있는 일이 있을 것 같고, 그래야 될 것 같아. 이건 단순한 내 욕심만은 아니야, 언니. 형진 씨가 회계사고, 대학에서 부전공으로 국가예산 분야를 공부했다니까 경력과 지식은 충분하지 않겠어?"

연하 씨는 언니의 긍정적인 반응을 얻어 보려는 듯 말을 멈췄다가, 이렇다 할 언니의 반응이 없자 그녀는 이야기를 계속했다.

"국회의 업무 중, 국가 예산편성과 결산감독 업무가 아주 중요한 업무잖아? 이 분야에서 이만한 경력자도 흔치 않을 거 아냐? 정치계에 입문해서 자리를 잡을 때까지는 내가 벌어 생활을 감당하면 되니까. 그 면에서는 자신 있어. 언니가 알다시피 내 유학목적이 미국 로스쿨이었잖아. 비록 좌절되고 말았지만."

약국 언니는 사촌동생의 이야기를 조용히 듣고 있었다. 동생의 의지가 하루아침에 이뤄진 것은 아닌 것 같았고, 자질도 희망도 알고 있던 터였다. 잘 되었으면, 하는 마음이었다. 하지만, 동생의 구상에 선 듯 동조해 주고 싶은 마음이 내키지 않았다. 왠지 모르게 언니는 자신이 하고 싶은 이야기를 뒤로 미뤄서는 안 될 것 같았다.

"저기, 있잖아, 연하야. 지금부터 내가 하는 이야기 잘 들어봐."

언니는 천천히 이야기하기 시작했다.

"너와 같은 경우, 그때 아주 위험한 생명의 위기를 넘기고 나서부터의 삶을 자칫하면 덤으로 주어진 것이라고 생각될 때도 있을 거야. 그런 아주 위험한 위기를 넘긴 사람들에게서 흔히 들을 수 있는 이야기거든. 그 말 속에 그런대로의 의미는 있다고 봐. 하지만, 그 반대 의미로도 이해해 볼 수 있지 않을까? 이를테면, 인생은 단거리 경주가 아니어서, 진정한 보람은 삶의 중후반을 넘기고부터란 뜻으로 말야. 만약 네 남편 된 사람을 앞세워 네가 이루고 싶은 것을 성취해 보자는 꿈이 조금이라도 작용했다면, 그건 아직은 이른 사항이 아닐까 싶어. 어제 오늘 세운 목표가 아니란 건 잘 알겠어. 내 말은 그걸 포기하란 뜻이 아니야. 지금 너에게는 그런 것이 아니라, 먼저 해야 할 다른 일이 분명히 있지 않을까? 네 남편 말인데, 살면서 정말 겪지 않아야 될 큰 상처를 입었다고 본다면, 그 상처가 아물기에는 아직은 시간이 너무 짧다고 봐. 그 시간을 좁히는데 있어 누구보다 네 역할이 중요하다고 생각해. 네 능력과 시간을 우선은 그쪽에 기울여야 좋지 않을까 싶다. 명예라는 구름을 쫓아가 보는 것은 지금은 아니라는 생각이 들어 해본 이야기야. 잘 생각해 보기 바란다."

언니는 이야기를 끝낸 듯 동생의 얼굴을 조용히 바라보았다. 동생은 내내 다소곳이 이야기를 듣고 있었다. 그때 아기가 유모차에서 깨어나고 있었다.

"아기가 깼구나…… 튼실하게 잘 키워. 이만 가볼게, 자주 연락하자."

"언니가 일어섰다."

"그래, 언니. 잘 알았어. 언니 말 깊이 생각해 볼게."

동생은 엘리베이터 앞까지 언니를 배웅했다.

5장

우연(偶然)의 양면(兩便)

강민주 씨는 그동안 고집스럽게 차의 유리창에 선팅을 하지 않고, 투명유리 그대로 운행하고 있었다. 그런데 어느 날부터인가 신호대기 중이면 나란히 선 차들의 운전자들이 너나없이 자신을 바라보고, 그중 어떤 사람은 차의 뒷공간까지 고개를 돌려 바라본다는 사실을 느끼기 시작했다. 아, 선팅을 하지 않았기 때문인 것 같구나.

까마귀 밭에 백로 한마리가 있으면 할 수 없이 백로가 이단이 되는 것처럼, 내 차가 선팅을 하지 않았기 때문이구나, 생각했다. 그리고 보니 선팅을 하지 않은 차는 거의 눈에 띄지 않았다. 뒤늦게 깨달은 그녀는 이날 선팅을 하려고 차를 몰고 나왔다. 용산구

숙대입구 네거리에서 용산고등학교 쪽으로 가기 위해 정지신호에 멈춰서 있었다. 이 길이 아니고, 후암시장통을 지나 용산고 앞에서 우회전하면 신호대기 없이 바로 선팅점에 댈 수 있었는데, 이젠 할 수 없이 좌회전 신호를 기다릴 수밖에.

　신호대기 시간이 꽤 길었다. 그때 그녀의 바로 오른쪽 차선, 한강 쪽으로 직진하는 맨 앞에 정차한 차의 유리가 내려지고 운전자가 밖으로 손을 흔들며 자신이 먼저 좌회전을 할 테니 양 보해달라는 신호를 보내오고 있었다. 대수롭지 않고 어려운 일도 아니었다. 남자의 차도 역시 선팅을 하고 있지 있었다. 좌회전 신호가 떨어지고, 그녀는 남자의 차가 먼저 움직이게 양보했다.
　남자는 안경을 쓰고 있었다. 그녀의 차도 좌회전을 마쳤다. 그뿐인 줄 알았다. 그런데 남자의 차가 진행 중, 우측 깜박등을 계속 켜고, 왼손을 차의 지붕 위까지 올려 오른쪽으로, 오른쪽으로? 가라고 하는 듯한 손 신호를 보내오고 있었다. 대체 뭐하자는 신호일까? 강민주 씨는 남자의 손을 바라보며 잠시 생각했다. 남영동 우체국 앞을 조금 지나 남자의 차가 우측 골목길로 들어서고 있었다. 미8군 사령부의 높다란 담장이 꺾여 남쪽으로 뻗어나간 샛길이었다. 강민주 씨는 이상하다? 싶었지만, 샛길 입구에 일단 멈춰 보기로 했다. 남자가 자신의 차 뒤쪽에 차 한대가 멈출 수 있는 공간을 남겨둔 채 정차하여 운전석 문을 열고 안경을 벗으면서 급히 나와 뛰어오고 있었다. 강민주 씨는 조수석 쪽 유리를 내려놓은 상태였기에 그쪽으로 고개를 돌려 뛰어오는 남자를 바라보았다.

"안녕하세요! 오랜만입니다."

남자가 그녀의 열려진 창문틀에 두 손을 짚고 안을 들여다보며 인사했다. 남자의 얼굴을 정 면에서 보게 되는 순간이었다. 남자가 계속 말을 이어갔다.

"1년 전쯤 동대구역에서 KTX 열차를 타셨고, 제 옆자리에 앉아 오셨죠! 서울까지……?"

남자는 강민주 씨의 시원한 답변을 기다린다는 듯 긴장한 모습이었다.

"아! 네. 이제 알아보겠습니다."

그녀가 반갑게 응답했다.

"제 차 뒤쪽에 잠깐 차를 대시겠습니까? 정말 반갑습니다!"

강민주 씨의 차가 움직이기 시작했다. 그녀도 이제 차에서 내려 남자와 마주 바라보며 섰다. "어떻게 저를 알아보셨어요?"

강민주 씨의 얼굴에도 반가운 빛이 일렁였다.

"두 차가 모두 선팅을 하지 않아 바로 알아봤죠! 어디 가는 길이세요?"

남자가 물었다.

"차에 선팅을 하지 않고 다녔더니 다른 차들이 저만 쳐다보는 것 같아, 까마귀 밭에 백로가 된 것 같은 기분이 들어, 이참에 저도 까마귀가 돼 보자고 차에 선팅하려고 나왔어요. 선팅하는 곳이 바로 저쪽에 있어요."

그녀가 돌아서 담장 너머를 가리켰다.

"마침 선팅하시기 전이라 제가 알아볼 수 있었네요! 바로 선팅이 되지 않을 텐데 차를 맡겨 놓으셔야죠?"

남자가 말했다.

"네."

"어딥니까?"

두 사람은 들어왔던 도로 쪽으로 몇 걸음 걸어 나왔다.

"바로 길 건너 저기예요."

강민주 씨가 손으로 가리키며 말했다. 가까웠다.

"여기서 기다릴 테니 차를 맡기고 이리 오시겠어요?"

명호영 씨가 말했다. 그는 강민주 씨가 후진하여 용산고교 쪽으로 갈 수 있게 그녀의 차 뒤에서 유도해 주었다. 강민주 씨가 차를 맡기고 오기까지 20분 넘게 걸렸다. 선팅작업장 점포안과 점포 주변에 대기하는 차들이 여러 대가 있었다. 점포 주인이 카탈로그를 보여주고, 그녀가 설명을 들어가며 색상과 두께 등을 고르는데 시간이 걸렸다. 그녀는 중간에 명호영 씨가 있는 쪽을 바라보았다. 그는 보이지 않았다. 강민주 씨가 돌아오자, 명호영 씨는 차 밖에서 그녀를 기다리고 있었다. 강민주 씨는 자신을 밖에서 기다려주는 것이 고마웠던지 밝게 웃으며 다가왔다.

"차안에 계시지 않고요?"

"차를 여기 세워 놓고 그쪽으로 가 보려던 참이었어요."

"제 일은 끝났는데 어디 가시는 중이셨어요?"

그녀가 물었다.

"63빌딩에 누굴 만나러 가는 중이었습니다."

"저를 기다리시느라 늦으신 건 아니에요?"

"아뇨, 오늘 약속이 좀 뭣한 약속이라 시간 여유를 넉넉히 두고 나와 괜찮습니다."

두 사람의 대화는 정확히 1년 1개월 전, 강민주 씨가 동대구역에서 서울행 KTX 열차를 타 고 부산에서 승차한 명호영 씨의 옆 좌석에 앉아 서울역에 닿기까지 한마디 대화다운 대화도 나눔이 없었고, 그리고 대합실 밖에서 따로따로 갈 길을 갔던 사람들 같지 않았다. 강민주 씨는 그때 이 남자 가방에 써있던 이름을 기억해 보려고 했지만, 떠오르지 않았다. 성씨와 이름의 첫 발음이 부드러웠다는 것만 생각났다.

"제가 만날 사람이 초면이고, 좀 뭣한 쪽의 분이라 1시간 전에 집에서 나왔어요."

그가 손목시계를 들여다보았다.

"그다지 바쁘신 일이 없으시면."

명호영 씨는 강민주 씨가 자신의 차에 동승해 주었으면, 하고 역력히 바라는 표정이었다.

"저는 여의도에 있는 K호텔에서 친구를 만나기로 약속되어 가야 해요."

강민주 씨가 말했다. 명호영 씨는 K호텔을 모르는 듯했다.

"같은 여의도이긴 하네요."

강민주 씨가 말했다.

"그럼 타세요. 반가운 분이시니 모셔다 드리죠."

민주 씨는 조수석에 탔다. 어색할 것 같았는데, 막상 차에 올라 안전띠를 매니 이상하게 그렇지가 않았다. 마치 아주 오랜만에 옛 적 한때 호감을 가져봤던 사람을 만난 것 같은 기분이었다. 명호영 씨도 그런 것 같았다.

"우리 1년 전 열차 안에서는 한마디도 나누지 못했었죠."

명호영 씨가 강민주 씨를 돌아보며 미소 지으며 말했다.

"그날 저를 마중 나온 사람이 없었다면 역사 내에서라도 차 한 잔 나누고 싶었습니다."

"저하고요? 초면인데……?"

민주 씨는 운전하는 명호영 씨를 바라보며 웃음 지으며 말했다.

"그러고 싶었어요! 사실입니다."

명호영 씨는 며칠 전 모처로부터 정부 F 부처의 차관보 자리를 제의 받았고, 그저께 아침 승낙을 하고, 이력서와 경력증명서, 자기소개서를 작성하여 재산목록증명서 등 여러 서류들을 그쪽 인사에게 건네주기 위해 약속 장소로 가는 길이었다. 정부 쪽은 명호영 씨의 뛰어난 영어실력과 첨단산업계의 오랜 실무경험과 미국 쪽 관련 산업계의 인사들과 폭넓은 교류를 하고 있는 것 등이 눈에 띄어 중요 보직을 제안해왔다. 그는 해외 한곳에서 오랫동안 근무해왔고, 오랜만에 국내에 들어왔던 터라, 연관되는 자리라면,

이젠 회사 쪽이 아닌, 다른 쪽에서 일해보고 싶은 생각이 본사의 본부발령을 받고부터 있어 왔지만, 국내엔 아는 인맥이 아무 곳에도 없어 고등학교와 대학동창회 사무실을 통해 노크해 볼 수 없을까? 생각을 해오던 참이었다.

그의 차가 여의도에 들어섰다. 저만치 K 호텔이 보였다. 강민주 씨도 친구를 만날 시간이 아직 30분 정도 남아 있었다.

"아직 시간이 괜찮으시면 호텔에서 차 한 잔 하시겠어요? 저도 30분 정도 시간 여유가 있군요."

강민주 씨가 시계를 보며 말했다.

"아뇨, 저는 그 이상 여유가 있지만, 그렇게 조급하게 차 한 잔 마시고 일어서고 싶지 않군요. 곧 제가 한번 초대하겠습니다."

명호영 씨는 K호텔 가까이에 차를 세웠다. 두 사람이 시간 여유가 넉넉함을 알고 난 강민주 씨가 그런데, 차에 왜 선팅을 하지 않으셨어요? 하고 궁금해 하던 것을 물었다. 명호영 씨가 강민주 씨를 돌아다 보았다.

"선팅을 하지 않으셨고, 내 차에 선팅을 했더라면 우리 오늘 만나지 못했을 거 아닙니까?"

"그건 그러네요."

강민주 씨가 말했다.

"전 차창이 어두운 걸 좋아하지 않아요. 그래서 차를 타고 선글라스를 낀 적이 없어요."

"까마귀 밭에서도 백로를 좋아하시는 거네요."

강민주 씨가 말했다.

"백로? 무슨 뜻이죠?

"저 혼자 해본 말이에요. 별 뜻 없어요."

자신이 한 말에 그녀는 소녀처럼 웃었다.

"까맣게 선팅들을 한 차들을 보면 마치 범죄의 소굴을 보는 듯한 느낌이 들 때가 있어요. 저 속에서 무슨 일은 없을까? 걱정이 들기도 해요."

명호영 씨는 강민주 씨를 바라보았다. 그녀의 얼굴에서 동의하는 빛을 찾아보고 싶기라도 하는 듯이. 그녀는 명호영 씨의 말을 잠시 생각해 보는 듯했지만, 별다른 반응은 보이지 않았다.

"제가 가는 63빌딩이 20년 전, 한국을 떠날 때만 해도 아마 국내에서 제일 높은 빌딩이었을 텐데."

"격세지감이 있는 말씀을 하시네요."

이분이 외국에서 꽤 오래 살다가 귀국하신 모양이군.

"늦으시면 안 되죠. 태워주셔서 감사합니다."

"부군 되시는 분 차는 선팅을 하셨습니까?"

명호영 씨가 물었다. 순간 강민주 씨는 어떻게 말해야 좋을지 몰라 멈칫했다. 웃음으로 대신할까, 하다 그녀는 이렇게 말했다.

"제 곁엔 제 차가 있을 뿐이에요. 제가 전화 드릴게요. 기다리지는 마세요."

그녀는 차에서 내렸고, 떠나는 명호영 씨에게 손을 흔들어 주었다.

호텔 로비에 들어섰을 때 강민주 씨의 전화기에 진동이 울렸다. 낯선 호텔 로비의 한쪽으로 비켜선 채 전화기를 열어 보자, 아들에게서 메시지 한통이 와 있었다.

엄마, 조금 전 학교 입학식이 끝났어. 할아버지만 오시라고 했고, 지금 막 떠나셨어. 아직 할아버지 차가 내 시야에 있어. 운전 조심하세요, 했더니 지난번 동계올림픽으로 KTX 노선이 생겨 고속도로가 한산해졌으니 염려하지 말라고 하시면서, 어려운 일이나 갖고 싶은 거, 하고 싶은 말이 있으면 밤낮 가리지 말고 할아버지한테 직접 전화하라고. 나를 5분 가까이 안아주시고 자꾸 뒤돌아보시면서 차에 오르셔 떠나셨어. 엄마, 지난번 졸업식에 엄마를 만났을 때, 내가 엄마한테 부탁한 말…… 그 뒤에 가만히 생각해보니, 내가 무리한 걸 엄마에게 말한 것 같아, 오늘 그 말 취소할게. 이제 엄마는 주씨 집안 며느리와 아내에서 자유로운 몸이 되셨잖아. 엄마 행복하실 쪽으로만 살아가시면 돼요. 내 걱정 마시고, 엄마의 행복만을 좇아 살아가시기 바랍니다.
아들 영재 드림

그렇게. 내 아들아! 엄마가 두 번 다시 실패 없는 삶을 살아가도록 노력할게. 강민주 씨는 마음속에서 아들에게 깊이 다짐했다. 엄마는 아들에게 바로 답신을 보내지 않았다. 하루하루 놀랍도록 아들이 성장하는 모습을 보는 듯했지만, 아직도 아들의 마음 한

구석은 힘겨움이 남아 있을 것 같아, 혹시라도 엄마의 글귀 때문에 마음의 정서가 흔들릴까 봐 조심스러웠다. 이런 생각으로 선뜻 메일을 보내거나 긴 통화를 하고 싶은 엄마의 마음을 억제하느라, 그녀는 로비의 한쪽 창가로 다가가 멍하니 밖을 바라보며 진정하려 했지만 소용없었다. 자신의 불륜의 끝이 끝날 줄 모르고 이렇게까지 가슴 여미는 사연으로 이어질 줄은 꿈속에서도 상상하지 못했다. 내 잘못의 끝이 어디까지일까? 죽음이 임박해 올 때까지 이어지게 될까? 할 수 없지. 시작의 불을 내가 지폈으니. 그녀는 거울을 꺼내 얼굴을 매만지고, 안내 데스크 쪽을 바라보다 약속 장소로 걸어갔다. 아직도 친구와의 약속 시간은 10분 이상 남아 있었다. 그 친구는 1년 전 어머니의 사망으로 영천 장지에까지 갔던 친구였다. 그때 친구는 어머니의 부음 소식을 듣고, 미국에서 혼자 일시 귀국했었다. 남편은 런던 국제학술회의에 참석 중이어서 장모의 장례식에 참석하지 못했다. 남편은 K 대학 미생물학 교수로 미국 동부의 유수한 대학연구실 초청으로 3년 동안의 연구직 생활을 마치고, 지난달에 귀국하여 3월 신학기부터 원래의 대학에서 강의를 시작할 참이었다. 친구 역시 남편을 따라가느라 대학에 휴직원을 냈고, 3월 학기부터 역시 강단에 설 참이었다. 대학은 달랐다. 친구 부부는 미국 유학 생활 중에 그곳에서 만났고, 둘 사이에 자녀는 없었다. 친구는 LA에 살고 있는 고모와 작은아버지를 뵙고 얼마간 지내고 오느라, 귀국이 늦었다.

친구가 손을 흔들며 장내로 들어왔다. 강민주 씨도 자리에서 일어나 반갑게 손을 흔들었다. 두 사람은 가볍게 포옹한 뒤 자리에 앉았다.

"3년 동안 미국에서 포옹하는 인사법을 아주 몸에 붙이고 온 거야?"

강민주 씨가 친구를 바라보며 말했다.

"미국 생활 아니라도 내가 너를 오랜만에 만난다면 난 너를 의당 포옹해야지."

두 사람 사이는 예나 지금이나 여전히 격의가 없었다. 고등학교 시절부터였고, 자칫했으면 시누이와 올케 사이가 될 뻔했었으니까.

"유학생 생활이 아니고, 부부가 함께 간 미국 생활 괜찮았어?"

강민주 씨가 물었다.

"그곳 생활도 옛날같이 외롭지 않아. 동부 쪽에도 LA만큼은 아니지만, 이젠 한국 사람들이 많아."

"그렇구나."

"넌 어떻게 지냈어?"

친구는 유심히 민주 씨를 바라보며 물었다.

"뭐 그럭저럭 그랬어."

친구는 민주 씨의 사정 일부를 알고 있기라도 한 듯 고개를 끄덕이는 것 같았다. 눈치 있는 그녀는 친구에게서 그것을 느꼈다. 혹시 알고 있나? 얘가 내 사정을? 그녀의 가느다란 짐작은 서글프게

도 맞았다. 친구는 알고 있었다. 알게 된 사정은 이랬다. 두 사람의
남편들은 친했다. 아내들이 생각하고 있는 것보다 훨씬 더. 물론
처음은 아내들로 인하여 자연스레 알게 된 사이였지만. 이 사람
들, 차츰 아내들을 제쳐두고, 나이트에 다니며 술자리를 함께하는
사이가 된 것을 그녀들은 뒤늦게 알고 노발대발하는 소동까지 벌
어진 일도 있었다. 안 되겠네, 그냥 놔두면! 그때 친구가 민주 씨에
게 전화로 한바탕 집안에서 작지만 소동을 벌였다고 알려왔다. 친
구 남편의 양복 주머니에서 나이트 영수증이 나왔다고 했다. 아내
의 거친 추궁 끝에 남편은 여자하고 간 것이 아니고, 당신 친구의
남편인 주형진 씨와 같이 간 사실을 실토하여 위기를 모면할 수밖
에 없었다. 사실이었으니까.

"나야. 내 남편이 네 남편하고 나이트에 다니고 있는데, 너 알고
있어?"

한밤 중 친구의 전화에 민주 씨는 옆에 태연히 누워 있는 남편
을 바라보다, 친구에게 잠깐 기다려봐! 하고는 남편을 흔들어 오늘
밤 내 친구 유옥이 남편하고 나이트에 갔다 온 거야! 하고 소리쳐
물었다.

"얘, 그렇다고 실토하는구나! 어쩌지? 이 양반들!"

"어쩌긴! 이젠 너와 내가 어디고 따라 나서야지!"

친구의 야무진 대꾸에 민주 씨는 가까스로 누그러져 전화를 끊
었던 일이 있었다. 그 친구의 남편이 이번 먼저 귀국하여 주형진
씨를 만났다. 몇 년 만에 회포를 푸는 술자리에서 대화가 무르익어

간 뒤에 친구의 남편이 주형진 씨에게 말했다.

"북유럽 한국 대사관에 내 친한 친구가 외교관으로 있어. 같은 마을에서 자란 정말 죽마고우야. 서기관에서 이번에 승진이 되었다는군. 우리 부부가 대학 봄방학 때라, 자기가 본국 귀환 전에 헬싱키, 스톡홀름, 오슬로, 코펜하겐까지 북유럽 관광안내를 할 테니까 오라는 거야. 그래서 내가 그랬지. 아내가 아직 미국에서 귀국하지 않았는데, 먼저 너한테 한 사람 소개하고 싶은 사람이 있다. 아내들끼리 먼저 친구였지만, 그 남편이 이젠 나하고도 뗄 수 없는 사이가 되었다고. 그래서 아내가 곧 귀국할 건데, 그들 부부와 함께 가고 싶은데 어떠냐고 했더니 좋다는 거야. 그 친구 마침 독신이야. 제 차가 중고지만 벤츠 대형이라 같이 여행할 수 있다고. 안 되면 차 한 대만 렌트하면 된다고. 어때? 큰 맘 먹고 같이 가자."

이야기를 듣고 있는 주형진 씨는 점점 심각해지기 시작했다. 부부동반 제안이니 어떻게 해야 좋을지 몰랐다. 벌써 몇 년 전에 이혼한 사실을 이 친구 부부에게 아직까지 이야기하지 못하고 지내왔고, 이혼한 후에도 미국에 안부전화를 주고받으면서 그 사실만은 이야기하지 않았다. 주형진 씨는 잠시 생각에 빠져들었다. 전처에게서 이 친구의 아내가 이야기를 듣고 알고 있지 않을까? 그렇지 않은 것 같았다. 그렇다면 부부동반 제안을 할 리가 없지. 주형진 씨는 더 이상 숨김없이 이제라도 사실대로 이야기하는 것이 좋을 것 같았다. 이 친구 아내까지 귀국하면 이디서든 부부동반으로 자리를 마련하여 만나야 되는 사이니까. 오늘을 적당히 넘기고 그때 이혼 사실을 말한다는 건 친구간의 신의에 심각한 상처를 남길 것 같다는 생각이 들자, 주형진 씨는 아내와의 이혼 사실을 실토하기 시작했다. 친구의 놀람은 예상대로 말할 수 없이 컸다.

"뭐라고! 이혼을 했다고? 내 처가 모르고 있던데."

"……"

전처도 나처럼 얘기하지 않은 모양이군.

"아, 어쩌다 이혼까지?"

"그렇게 됐어. 아들이 중학교 1학년 때니, 벌써 3년째 돼 가는군."

"그럼 우리 부부가 미국으로 떠난 바로 뒤쯤 되는구먼."

"그럴 거야. 맞아."

"어쩌다 그렇게 됐어……?"

"사정은 다음에 얘기할게."

주형진 씨가 말했다. 그들 부부는 이렇게 알게 됐다. 동반여행 제안은 결론 없이 끝났다. 무산된 것이나 다름없었다. 그들은 곧 다시 만날 것을 약속하고 헤어졌다. 그의 아내는 귀국하여 남편에게서 이야기를 들어 알게 되었고, 지금 절친한 강민주 씨를 만나고 있는 것이다.

그로부터 열흘쯤 뒤 토요일 오전 강민주 씨는 화장대 앞에 앉아 화장을 하면서 전화기를 열어 보았다. 아침 일찍 명호영 씨에게서 온 메시지가 있었다.

안녕하세요. 명호영입니다. 내일 토요일 오전 11시쯤 바쁘시지 않으면 잠깐 만나 주셨으면 합니다. 중요한 조언을 좀 듣고 싶은 일이 생겨서요. 귀국한 이래로 모텔 생활을 해오다 이젠 거처를 준비해야 될 것 같아 아파트 두 채를 봐 두었습니다. 바로 이웃 단지에 있는 것들인데, 둘 중 어느 쪽이 더 나은지 봐주셨으면 해서요. 점심식사도 같이 하고 싶군요. 연락 바랍니다.

아파트 구입 같은 중요한 일은 부인이 봐야지 왜 나를?…… 선뜻 이해가 가지 않았지만, 메시지가 온지 1시간 이상이 지났던 지라, 잠시 화장을 멈추고 답신을 보냈다. 점심식사 이다음에 하기로 해요. 아파트 매입 같은 중요한 일은 부인께서 보셔야죠. 그렇지 않은가요? 메시지를 보내고 조금 후 전화벨이 울렸다. 명호영 씨 전화였다.

"안녕하셨어요, 명선생님."

강민주 씨가 먼저 인사했다.

"네, 안녕하셨어요? 강여사님…… 맞습니다. 부인이 봐야 되는 거죠. 저에게도 아내가 있었죠, 2년 전까진. 그런데 2년 전 사별했습니다. 고등학교에 다니는 두 딸이 아직 미국에 남아있어 그 애들이 국내대학 진학으로 귀국할 때 거처를 마련해야겠다고 지금까지 모텔에서 생활해 오고 있는데, 이곳 모텔이 미국과 같지 않아, 더 이상 생활을 못하겠어요. 그래서 몇 군데를 봐오다, 두 곳 중 하나로 결정하자고 작정했습니다."

"그러시다면 가 봐드리죠. 제가 지금 화장 중이에요. 장소와 시간을 문자로 보내주세요. 그래 주실래요?"

"그러죠. 고맙습니다."

두 사람의 통화는 끝났다.

강민주 씨가 아파트 단지 앞 길목에 택시에서 내리자, 근처에 주차하고 있던 명호영 씨가 차 밖으로 나와 모습을 보였다.

"여깁니다."

그가 손을 번쩍 들며 말했다. 그녀가 다가가 인사를 나눈 후 설명을 듣기 시작했다. 명호영 씨의 차가 서있는 왼쪽은 고등학교였다. 오른쪽에 바로 시작되는 단지와 단지 뒤쪽에 낮은 담장을 지나 다른 아파트 단지가 있었다.

"앞에 것이 38평형, 뒤쪽 단지는 42평형입니다."

명호영 씨가 말했다.

앞 단지 아파트는 10층쯤 돼 보였고, 뒤쪽 단지는 10층이 넘어 앞쪽 아파트 너머로 위층들이 보였다. 앞쪽 아파트는 남쪽을 향해 있었고, 뒷 단지는 이쪽에서 낮은 경계선 담장 사이의 좁은 통로를 지나 드나들 수 있겠지만, 차량 출입과 사람 통행로는 북쪽으로 나 있을 것 같았다. 강민주 씨의 예상이 맞았다. 중개하는 부동

산은 뒷 단지 안의 상가 건물에 있었다. 명호영 씨가 그쪽에 전화하자, 채 5분도 되지 않아 중개인이 나타났다. 그의 안내로 두 채를 앞쪽부터 차례로 보았다. 뒤쪽보다 앞쪽이 밝고 실내의 방 배치와 내장재들이 더 좋아 보였다.

"38평형이 낫겠어요. 같은 가격대에 등기상 4평이 작기는 하지만."

강민주 씨가 말했다.

"잘 보시는군요. 제 생각도 그랬습니다. 그럼 바로 계약을 해야겠습니다. 바쁘세요? 아니면 점심식사까지 함께 하고 싶은데."

"그러세요."

매입 계약체결은 30분 넘게 소요되었다. 계약이 끝나고 두 사람은 시내로 향했다. 명호영 씨는 계약서 봉투를 주머니에 넣지 않고, 둘 사이의 자동기어 뒤에 놓아두었다. 마치 두 사람 사이에 있어야 되는 문서라도 되는 것처럼. 꽤 시간이 지날 때까지 두 사람 사이에는 말이 없었다.

"부인과 사별의 아픔이 크셨겠어요? 그것도 타국에서."

강민주 씨가 말했다.

"누구나 가야 되는 길이긴 하지만…… 멀쩡했던 사람이 차량충돌 사고로 그렇게 되었어요. 남편인 저보다는 갑자기 엄마를 잃은 딸애들이 충격이 컸지요."

"2년이나 지났고, 이제 귀국하여 아파트까지 구입하셨으니 좋은 분 만나 행복한 삶 살아가세요."

"재혼하라는 얘깁니까?"

명호영 씨가 강민주 씨를 돌아다보았다.

"네, 하셔야죠."

"강여사님은 남편분이 혹시 한국에 있지 않으세요.? 지난번 차 선팅 얘기 중, 제 물음에 '제 곁엔 제 차가 있을 뿐이에요'라고 하셨던 걸 기억하고 있습니다."

"한국에 있어요. 지금은 아니지만."

"해석하기가 어렵군요. 혹시 저와 비슷한 경우입니까?"

"아뇨. 그렇지 않아요. 두 종류가 있잖아요? 생리사별. 전 앞쪽이에요."

"혹시 이혼……?"

"네."

"혼자세요?"

"아뇨, 아들 하나가 있어요. 아빠 쪽에."

그 뒤로 두 사람의 입술이 무겁게 닫쳤다. S호텔에서 식사를 하면서 두 사람은 말을 나누지 않았다. 그들은 조용히 식사만 했다. 헤어지며 명호영 씨가 말했다.

"제 전화 꼭 받아주세요. 오늘처럼 화장을 하시는 중에도."

비로소 강민주 씨가 엷게 미소를 지었다. 이날 그들은 그렇게 헤어졌다.

강민주 씨는 호텔 앞 택시정류장에서 택시를 탔다. 기사에게 청량리역으로 가자고 말했다. 강릉행 KTX. 4시 20분 D역 도착과, D역 출발 7시 29분 서울역에 도착하는 왕복티켓을 끊었다. 멀리서나마 아들의 학교와 아들이 생활하는 기숙사의 겉모습이라도 보고 와야 할 것 같아서였다. 며칠 전부터 바싹 아들 생각으로 일이 손에 잡히지 않았다. 몇 번을 별렀지만, 쉽게 발길이 떨어지지 않았다. 엄마가 몰래 왔다는 걸 아들이 알게 되면 어찌될까? 걱정되어 생각만 하다가는 아들이 졸업할 때까지 가보지 못할 것 같았다. 중학교 재학 중에도 그랬다. 중학교 졸업식 때처럼 엄마를 부르지 않을지도 모른다. 오늘 첫 발길을 떼놓고 철 따라 한 번씩 겉으로라도 보고 오자.

아! 마음을 다져 먹으니 이렇게 가게 되네…… 열차에 타고 깊게 한숨을 쉬고 나니, 호텔 정문에서 헤어진 명호영 씨가 생각났다. 내가 그 사람을 계속 만나도 되는 걸까? 그 엄청난 시련의 시간을 겪기 전의 자신이었다면, 아들이든, 누구든 이렇게까지 두려움에 가까운 생각들을 하지 않을 텐데…… 그 한 번의 실수가 이렇게 나를 변화시켜 가네. 그런데 명호영 씨를 만나는 건 그 일과 아무 상관없는데, 왜 이렇게 조심스러워질까? 모를 일이었다. 그녀는 눈을 감고 명호영 씨를 떠올려 보았다. 머리에서 발에 신은 구두 모양까지. 괜찮은 사람 같았다. 그런데 나랑은 상관없는 사람이란 생각이 바로 따라 붙었다. 그래, 맞아. 상관없는 사람이야. 그냥 떠올려 보는 거야. 그렇게 생각하자, 마음이 수그러들었다.

6장

우연(偶然)의 양편(兩便)

명호영 씨의 차관보 발령 문제는 수월하게 진행되는 것 같지 않았다. 이야기가 있은지, 벌써 달포 가까이 되어 가고 있다. 문제는 부처 내에서 일어나고 있다는 것이었다. 차관부터는 정치적 임명이 관례처럼 되어 있어 인정할 수밖에 없지만, 차관보라면 선임 국장에게 승진기회를 주어야 하지 않느냐는 것이 국장급들의 공통된 분위기라는 것이었다. 맞는 말이기도 하다. 그들은 단체행동? 비슷하게 차관을 거쳐 장관에게까지 자신들의 솔직한 심정들을 토로하고 있었고, 개중에는 지역구 국회의원을 통해 총리에게까지 그 뜻이 전해지고 있다는 것이었다. 하지만 명호영 씨는 경력체용의 경우라서 임명권자의 심중에 변화가 없으니 좀 더 기다려 달라는 것이었다. 그 소식이 명호영 씨에게 며칠 전, 두 번째 전달되었다.

발령이 안 나면 어때! 괜찮아. 기대심리를 내려놓자고 생각하니, 마음이 한결 평안해지는 것 같았다. 아! 처음부터 그런 제안 못들은 걸로 하자. 그는 조용히 다시 한 번 다짐했다. 이제 그래야만 했다. 난데없이 그 제안을 받은 날로부터 이날까지 그의 일상은 이 문제로 옛날 같지 않았다. 이제는 불편해져 있는 것을 자신이 느끼고 있었다.

기대심리 자체를 내려놓자! 그는 또 한 번 마음속으로 다짐했다. 회사에서 퇴근한 명호영 씨는 썰렁한 아파트에 귀가하여 신발을 벗고 돌아서며 옛날의 한순간에 빠져들었다. 사별한 아내가 귀가하는 자신을 이제 와요? 당신, 하며 어디선가 불쑥 나타나던 장면이었다. 그 듣기 좋은 목소리에, 웃으며 맞이해주던 사랑하는 아내의 모습. 그는 그대로 선 채 거실의 공허한 전면을 바라보며 눈물이 글썽거려지고 있었다. 몹쓸 사람! 그렇게 허망하게 떠날 게 뭐람! 걸음을 떼놓지 않고 있는 그의 두볼 위로 이윽고 눈물이 흘러내렸다.

아, 사별의 아픔을 이렇게도 잊을 수가 없네! 그는 실내복으로 갈아입지 않은 채 아직도 새것인양 비닐이 씌워져 있는 소파에 앉았다. 여보, 이런 때 당신이 내 옆에 있어 주어야 하는 건데. 당신이 몇 번 꿈속에 나타났고, 마지막 꿈속에선 손을 흔들어 주기에 당신에 대한 내 슬픔을 거두어 가는 줄 알았는데, 그렇지 않구려!

집안에서 밀려드는 외로움은 그에게 또 다른 괴로움이 되어 가고 있었다. 내년 말까지 잘 버텨내면, 딸들이 학교를 졸업하고 귀국할 테니, 할 수 없지. 그때까지 참고 견딜 수밖에. 그의 쌍둥이 자매는 대학은 고국에서 다닐 거라고 입버릇처럼 말해왔다. 그는 전화기를 들고 확인해보았지만, 아무한테도 연락 온 게 없었다. 베란다 쪽으로 가 창문을 열고 단지의 출입구 쪽을 바라보았다. 강민주 씨가 자신이 설명하는 얘기를 들으며 아파트 동 전면을 좌우로 살펴보던 모습이 떠올랐다. 전화를 해볼까 하다가 그만두고 창문을 닫고 돌아섰다.

강민주 씨는 대단히 조심스럽고 신중한 사람 같다는 생각이 뇌리를 빠르게 스쳐갔다. 그러나 꼭 그렇지만은 아닌 사람 같기도 했다. 용모와 몸가짐, 말씨, 매너나 전체에서 풍기는 이미지도 나무랄 데 없는 건 맞아. 이런 것들은 꼭 오래 교분을 갖고 지내야만 알게 되는 것은 아니니까.

왜 이혼했을까? 남편이 어떤 사람이었는지, 부부 중 어느 편이 이혼을 서둘렀는지. 어느 쪽에 책임이 있었는지는 모르지만. 설령 강민주 씨 쪽에 문제가 있었다 해도 잘못의 형태가 습성화 되었거나, 인정하지 않았다면 몰라도, 그렇지 않다면 시간을 두고 설득하고 용서해줄만한 면들을 강민주 씨는 모두 갖추고 있을 것만 같았다. 자신이 강민주 씨를 불과 몇 번밖에 만나지 않았지만, 지금까

지 느낀 이미지가 그랬다. 이 아파트에 한번쯤은 방문해 줄만도 한
데, 아직은 욕심일까? 어쨌든 현재 혼자의 몸이고, 딸린 자녀가 없
다는 사실을 본인의 입을 통해 알게 된 것이 큰 수확이라는 생각
이 들자, 그는 조금 전과는 달리 쓸쓸하지 않은 웃음을 지을 수 있
었다. 내가 아내와 사별하여 독신이라는 사실을 알려 주었고, 그
쪽도 혼자 된 몸이라는 사실을 나에게 이야기 했으니, 큰 언덕은
넘어선 것이나 다름없지 않을까 싶었다. 혼자 생각이 그랬다. 그는
옷을 갈아입고 세면장으로 걸으며 또 생각했다.

놓치지 말자! 놓치기엔 아까운 사람이야. 그렇다고 서두르지는
말아야 되지? 그는 또 생각했다. 정부 발령 못 받으면 어때! 그까
짓 것! 강민주 여사, 우리 좀 더 가까운 사이가 될 수 없을까? 당신
을 잘 아는 사람이 누구인지, 그 사람을 한번 만나볼 수 있다면,
당신이 어떤 사람인지 들어보고 싶구려…….

* * *

다음 날 그가 출근하여 과장들을 불러 자신의 방에서 회의를
주제하고, 해당 임원에게 보고서를 제출하기 위해 일어섰을 때 그
에게 전화가 걸려왔다. 모처의 그분 목소리였다.

"많이 기다리셨죠? 모래 발령이 날겁니다"

저쪽의 목소리는 조용하고 차분했다.

무슨 말로 고맙다는 뜻을 전해야할지 모르고 있는 그에게 저쪽의 목소리가 다시 들렸다.

"…… 임명장을 받으시고 부임 인사를 마치면 됩니다. 이것으로 다른 연락 사항은 없겠습니다."

그는 보고서 파일을 왼쪽 겨드랑이에 낀 채 전화를 받고 있었다. 전화 통화는 끝났다. 그는 그제야 파일을 책상에 내려놓고 천천히 자리에 앉았다. 놀란 가슴도 아니고, 그렇다고 멍한 상태도 아닌, 난생 처음 겪어보는 기분이었다. 아무런 생각도 들지 않았다. 임원실에서 자신을 부르는 벨이 울릴 때까지 그는 자리에 그 상태로 있었다. 임원실로 가기 위해 걸음을 떼었다가 책상 위의 파일을 들었다.

명호영 씨는 회사에 사직서를 제출하며, 간단히 사직 이유를 말하고 자리로 돌아와 누구에게 먼저 이 사실을 알려야 할까? 생각했다. 떠나간 그 사람은 세상에 없고…… 강민주 여사? 아내가 살아 있다면 아내가 보여줄 반응만큼 보여줄까? 그 반만큼이라도?…… 내가 왜 이러지. 그때 책상 위의 전화벨이 울렸다. 부회장님이 자신을 부르신다는 비서실의 전화였다.

다음 날 오후 늦게 그를 위한 송별회 자리에서 일어나며 그의 오랜 회사생활은 끝이 났다. 적막한 아파트로 바로 가고 싶지 않았다. 시간은 10시를 조금 지나 있었다. 술은 더이상 할 수 없을 것 같아 눈에 띄는 커피숍으로 걸었다. 그래도 그놈들에게 먼저 전화하는 게 맞지. 그는 혼자 중얼거리며 걸었다. 네 사람, 고등학교 적부터 친구들을 두고 한 말이었다. 커피숍에 들어와 맨 처음은 변호사 친구에게 그 다음은 수학교사 친구, 이렇게 전화하면서 주형진 친구는 맨 마지막에 두고 있었다. 밤늦은 시간이지만, 그녀석이 제일 만만하니까. 그게 이유였다. 신호는 가는데 받질 않았다. 시간이 너무 늦었어. 그가 전화를 막 끄려하는데 여자의 목소리가 들렸다.

"주형진 씨 전화 아닙니까?"

그가 물었다.

"네, 맞아요. 제가 아내 되는 사람이에요. 잠깐 화장실에 갔는데 누구시라고 할까요?"

"친구 명호영이라 합니다. 다시 전화할까요?"

"아뇨, 끊지 마세요."

화장실 문을 노크하는 소리가 들렸다.

"오빠, 친구 명호영 씨란 분 전화예요."

명호영 씨는 주형진 씨의 부인을 마주 대해 본 일이 없었다. 다른 친구의 부인들도 같다. 다른 친구들 사이는 모두를 잘 알고 내왕하며 지내고 있었다. 주형진과 명호영 두 사람의 전화는 10분 넘게 이어졌다.

"밤 12시 다 됐네. 나 때문에 부인과 잠자리 설친 거 아냐?"

명호영 씨가 말했다.

"야, 임마, 천만에. 너 차관보 부임 환영모임 내가 주선할게. 부임하고 나서 하는 게 좋겠지?"

주형진 씨가 말했다.

"나야 뭐 언제면 어떠냐. 내 한 몸 가기만 하면 되는데."

"부부동반 모임으로 했으면 싶은데, 네가 외로움을 느끼면 어쩌지?"

주형진 씨가 물었다.”

"걱정마, 2년이란 세월이 지났어. 나를 위한 걸음걸이들인데 고마울 따름이지."

명호영 씨가 말했다.

"형진아, 그날 네 막내 이모님도 와 주셨으면 좋겠는데. 네 이모 전문의 시험 준비로 바쁠 때 너와 내가 대학병원으로 찾아가 구내식당에서 같이 점심을 먹은 걸로 인사하고 내가 한국을 떠났잖아. 그 이후로 처음 뵙게 되는 거다."

"얘기해 볼게. 나도 그날 네 축하모임에 인사시켜야 될 사람이 있어."

명호영 씨는 무슨 소리인가 싶었지만, 묻지 않았다.

"자세한 건 그날 얘기할게."

주형진 씨가 말했다.

그들은 잘 자라는 말로 통화를 끝냈다. 주형진 씨는 전화를 끊고서야 부부동반이란 말을 괜히 꺼냈나? 싶었다. 아내는 방에 들어갔는지, 보이지 않았다. 아내와 상의 없이 한 말이 잘못한 것은 아닐까? 그는 아직까지 국내에 있는 친구들에게 아내가 된 연하 씨를 소개하지 않았다. 강민주 씨와 이혼한 사실을 말하지 않은 것은 물론이고. 그들이 영원히 이 사실을 몰라주었으면! 하는 바람도 여전했다. 사랑했고, 누구보다 아꼈고, 친구 내외들 모두도 전처를 좋아했던지라, 망설여 온 이유가 그랬다. 그러나 마냥 미뤄 둘 수도 없었다. 방에 들어가 아내에게 얘기하자.

  차관보로 정식 부임한 명호영 씨의 첫날 근무는 순탄하게 출발 되었다. 장관은 그에게 1시간 뒤 EU고위급 방문단이 장관과의 면 담차 도착할 것임을 말했다. 방문단은 다섯명이었다. 이쪽도 다섯 사람이 참석했다. 방문단에는 여성이 두 명 있었다. 통역 없이 회 의가 진행되었다. 장관이하 해당업무 국장까지 모두 영어로 진행 되고 있는 회담에 전연 부담을 느끼지 않는 모습들이었다. 얼마 후 장관이 명호영 씨를 바라보며 그에게 대담할 기회를 주었다. 명 호영 씨는 침착하게 상대들을 바라보며 주제의 핵심에서 벗어나지 않으면서 EU와 한국이 상호간 협력과 투자를 이뤄갈 수 있고, 그 중요함을 방문단 여러분들과 공유할 준비가 되어 있다는 점을 논 리 정연한 영어로 말을 마쳤다. 방문단의 표정들이 명호영 씨에게 집중되고 있는 것이 퍽 인상적이었다. 마치 자신들 수준의 영어구 사 능력에 감탄스럽다는 듯 한 모습을 보이는 것 같기도 했다. 이 회담을 계기로 부처에서 명호영 씨의 입지는 순탄할 것 같은 예감을 갖기에 충분했다.

　그날 그는 차관의 저녁식사 제의를 선약이 있다는 이유로 정중히 사양하고, 친구 내외들이 모이고 있을 장소로 향했다. 깨끗한 정장차림의 그의 모습은 아주 단정했다. 약속시간이 아직 남아 있었다. 연락책에, 사회를 보게 될 주형진 씨 부부가 먼저 와 있었다. 명호영 씨는 친구로부터 그의 아내를 소개받았다. 예상보다 퍽 젊고 상당한 미모에 교양을 갖춘 것 같은 이미지를 풍겼다. 친구 부부들이 속속 도착했고, 제일 마지막으로 주형진 씨의 이모가 들어오자, 모두 자리에서 일어나 열렬히 박수를 보내며, 어서 오세요! 라고 인사했다. 모두 이모를 잘 알고 있었다.

　주형진 씨가 일어나 오늘 모임을 시작하겠다고 말하며, 정말 오랜만에 귀국하였고, 귀국한지 불과 얼마 지나지 않아 정부의 주요 부처에 차관보로 부임 하게 된 명호영 씨의 앞날에 밝은 영광이 계속되기를 바란다는 말과 함께 오랜만에 우리가 동반하여 함께 모인 의미도 있다는 말을 하였다.

　그는 주빈인 명호영 씨의 부임소감을 듣기 전에 잠시 한 사람을 여러분에게 소개하겠다며, 옆자리에 다소곳이 앉아 있는 아내 연하 씨를 일어나게 한 뒤 간단히 소개하며 인사를 하게 했다. 그는 아내가 고개 숙여 인사를 마치자, 조금의 틈도 두지 않고, 바로 큰 목소리로 명호영 씨의 부임소감을 듣자며, 바통을 넘겼다. 모두 명호영 씨를 바라보며 박수를 칠 수 밖에 없었다. 명호영 씨의 인사

말이 시작되고 있었다. 자리에 앉은 주형진 씨는 살며시 아내의 손을 잡았다. 아무도 그들의 손을 볼 수 없었다. 친구의 부인들은 명호영 씨의 이야기를 들으면서 짬짬이 이연하 씨를 바라보았다. 아내들은 주형진 씨의 신상이 왜 아무런 소식도 없이 언제 저처럼 크게 변화 되었는지? 그럼 부인이었던 강민주여사는 어떻게 되었는지? 궁금하기 짝이 없었지만, 이날 모임의 성격에 어쩔 수 없다는 표정들이었다. 사실 그녀들의 남편들 역시 궁금하기는 마찬가지였다. 축하모임의 저녁식사가 끝나 친구 부부들은 모두 돌아가고, 명호영 씨와 주형진 씨 내외, 그리고 이모가 마지막까지 남아 잠시 담소를 나눈 후 거리로 나와 그들도 헤어져 돌아갔다.

명호영 씨는 집으로 가는 택시 안에서 그날 모임의 사진 촬영을 전담한 수학교사 친구로부터 사진들을 메시지로 받았다. 사진들은 아주 선명하게 잘 찍힌 듯했다. 사회를 보고 있는 주형진 씨와 그 옆에 앉아 있는 부인의 모습이 돋보였다. 수학 교사 친구는 그들 부부의 모습에 각별히 신경을 쓴 듯 보였다. 한순간 고개를 든 이연하 씨의 모습도 정면에서 놓치지 않고 촬영되어 있었다.

명호영 씨는 새삼 자신의 부임 환영 모임에서 주형진이 친구들에게 아내를 소개하는 걸로 봐서 본처와 이혼하고 재혼한 모양이군, 느낌만 받았을 뿐, 그때까지 누구로부터도 주형진의 아내에 관한 얘기를 듣지 못했다. 친구들도 자신과 마찬가지라는 사실을 그는 알지 못하고 있었다.

자식들! 형진이의 그 정도 가정사 변화는 나한테 귀띔해 줄 수도 있잖아? 내가 귀국한 지가 벌써 언제인데…… 혹시 나처럼 모두 모르고 있던 게 아닐까? 표정들이 좀 이상했어. 알고 있었다면, 나 한테만 인사시키고 끝낼 수도 있는 일인데, 모두에게 아내를 인사 시켰잖아. 모를 일이었다.

20년이란 긴 세월이 지났지만, 아주 늦게나마 이모님의 병원 개 업을 축하하는 화분 한 개를 내일 택배로 보내드리고, 며칠 내로 병원을 방문해 그간 자신의 얘기와 이모로부터 형진이의 가정사 변화를 들어봐야겠다고 생각하며, 그는 또 혼자만의 쓸쓸한 잠 자리에 들어갔다. 하지만 쉽게 잠이 오지 않을 것 같자, 그는 일어 나 앉았다. 매일 밤이 적막하기 만한 방안이긴 하지만, 이날 밤만 은 난생처음으로 국가의 중요 공직에 부임한 날이란 걸 생각하니, 곁에 바로 반겨줄 사람이 없다는 것이 여느 날 밤과는 또 달랐다. 아내와의 사별 이후 줄곧 느껴온 외로움이지만, 이날 밤의 외로움 은 각별했다. 그는 천장의 네온등을 다시 켜고 책상 위의 전화기 를 바라보며 바닥에 내려섰다. 누구한테 전화하려고……? 전화를 걸만한 사람이 없었다. 잠시 멍하니 서 있던 그의 머릿속에 강민주 씨가 떠올랐다. 그는 자신의 신상에 중요한 변동이 생겼으니 간단 하게나마 알려주는 것이 도리일 것 같다는 생각이 들었다. 그런데 뒤따라 마치 아이들 자랑하기 같지 않을까? 하는 생각이 따라붙 어 망설임이 왔다. 어떻게 하는 게 좋을까? 한밤중이라 예의에 해 당하는 문제가 될까? 그래도 이 밤이 다 가기 전에 알려야 하는 것이 맞지 않을까?

그는 비로소 책상에 앉아 짧게나마 문장의 첫 글자를 누르기 시작했다. 답신은 정말 놀랍도록 빨리 왔다. 머뭇거린 자신이 얄밉기 시작했다. 그는 신중히 읽어나갔다.

'야심한 밤중이지만, 영광스러운 소식을 듣게 되어 반갑군요. 진심으로 축하해요! 기쁜 소식을 전할 제일 끝번에라도 제가 올려져 있는 게 아닌가? 싶어 바로 문자를 올립니다. 아침에 목소리를 들으며 다시 축하하겠습니다.'

메시지를 읽는 명호영 씨의 입가에 미소가 번지고 있었다. 격식을 차리고 쓴 얌전한 문장은 아닌 것 같아서였다. 별로 애쓰지 않고도 문장의 예절이란 격식을 충분히 갖출 줄 아는 강민주 씨임을 인정하고서였다.

그의 마음속에 강민주 씨는 이젠 자신이 마냥 품위 있는 차림새로 만나야 하는 대상이 아니기를 바라고 있었는지도 모른다. 어찌 보면 약간은 그의 기대에 부응해 온 면이 있는 것을 부인하고 싶지 않았다. 만남이 몇 번 밖에 되지 않았지만, 그가 바랐던 게 사실이니까.

글월 중에 '끝번에라도'란 대목이 그의 마음을 또 잡았다. 그런 게 아닌가 싶어 바로 문자를 올린다고? 내가 강민주 씨를 내 기쁜 소식을 전할 명부의 끝에 두고 있었나? 단 며칠 동안의 일이었던

지라, 순서 자체를 정해 놓을 겨를도 그에게는 없었다. 처음의 공직인데 내가 그 일을 해낼 수 있을까? 먼저 떠나버린 아내와 기쁨을 함께 나누지 못한 것이 애틋했을 뿐인 그였다. 그는 아내가 비워놓고 간 자리에 강민주 씨를 떠올려 본 것은 사실이었지만, 어쩐지 그녀는 무언지 모르게 남녀 사이의 애정이란 그릇에 쉽게 발을 담그는 그런 사람은 아닌 것 같다는 느낌은 들어봤다.

혼자 몸의 남자가 새 거처를 마련하면서 그 결정 과정에 자연스레 그녀가 참여해 주길 바랐기에 어느 쪽 아파트가 좋을 것 같냐는 중요한 문제를 그녀를 불러 자문했고, 그녀의 뜻에 따랐다. 그녀 또한 왜 나를 이런데 참여시키려 하세요? 라고 하지 않았다. 그런데 전 거주자의 이삿짐이 떠나고 당연히 나간 집처럼 된 썰렁한 아파트에 새 가구를 들여놓는 과정에서부터 그녀는 함께 해주지 않았다. 명호영 씨는 가구의 구입에서 배치까지 어떤 형태로든 강민주 씨의 시각과 손길이 함께 해주길 바랐다. 사실 간절했다. 그녀로부터 요즘 어떻게 살고 계세요? 라는 관심의 인사말도 없었다. 왜 그럴까? 이때부터 그는 강민주 씨 개인의 신상에 그렇게 하지 못할 어떤 것이 있지 않을까? 를 생각해 보기 시작했다. 하지만 생각뿐, 대답을 기대하고 물어볼 수 없는 문제가 아닌가. 알 길이 없었다. 재혼이란 문제 자체를 생각하지 않고 있는지도 모른다. 그 이유 중에는 이런 것들이 있을 수 있을 것이다. 지난 혼인 생활에서의 어떤 면이, 아니면 전부가 그녀로 하여금 독신의 삶을 추구해 가는 쪽으로 정리되어 있을 수도.

명호영 씨는 강민주 씨의 현재가 만약 후자 쪽에 있다면, 애정을 갖고 그녀를 바라본다 해도 그건 자신만의 일방적 입장에 그칠 수도 있겠다는 것까지 생각해 봤다. 그런데 오늘밤 이 짧은 글중에 자신이 바로 순번을 당겨주면, 그녀가 확실히 느낄 수 있게만 해 준다면, 그녀는 간격을 좁혀가며 천천히 다가올 수도 있다는 여운이? 담겨있는 것 같아 잠시나마 그 글귀가 그의 가슴을 붙잡고 있는 것이다. 여자가 관심을 두고 있는 남자의 마음속에 자신이 몇 번째로 자리하고 있는가를 생각하고 있다면, 그다음은 여자 쪽의 문제가 아닌 것 같았다. '주무세요'가 아닌 '잠드세요'란 말까지 생각하니 모든 것은 당신이 하기에 달렸어요! 당신이 확실하게 이끌어 주면, 나는 당신에게 더 가까이 다가갈 수 있어요, 내 쪽에서 할 일은 다가가는 일뿐이에요. 이렇게 말하고 있는 것 같았다. 명호영 씨는 이 생각이 혼자만의 것이 아니길 바라면서, 내일의 출근을 위해, 내일 아침 산뜻한 상태로 강민주 씨의 목소리를 듣기 위해 자리에 누웠다.

열흘 동안 명호영 씨는 정말 바빴다. 부처 내의 고위 공직자들은 영어로 대화나 업무수행 능력들이 높다는 걸 알 수 있었다. 그들은 대부분 몇 년 동안 주요국 주재 한국대사관에 근무한 뒤 본부에 돌아온 경력자들이었다. 그들이 명호영 씨를 어떻게 평가하고 있는지는 그들의 표정에서 읽을 수 있었다. 벌써 그는 두 번째로 유수한 외국사절들을 접견하는 자리에서부터 그들의 협조로 주도

적 역할을 해 가고 있었다.

이제 그의 공직 생활은 긴장 대신 즐거움이 찾아들었고, 퇴근 시간도 거의 매일 강민주 씨를 만나 서로 하루 일과에 대한 담소를 나누면서 저녁 식사를 마친 후, 어떤 때는 잠깐 손을 잡고 함께 걷는 경우까지 있게 되었다. 그리고 토요일과 일요일엔 강민주 씨가 아파트에 찾아와 점심과 저녁 두 끼의 식사를 손수 요리하여 함께 식사했다. 식탁에 앉은 모습만을 보면 여느 부부들과 무엇이 다르다고 할 수 있을까. 하지만 대화 중에 서로를 부르는 호칭이 없었으니, 다른 점이 있는 것만은 분명했다. 그렇지만 두 사람은 차츰 그런 것은 문제라고 여기지 않는 것 같았다. 그렇다면 놀란 만치 진전된 두 사람 사이가 아니겠는가? 그들은 앉아서 대접 받는 것이 아니고, 약속이나 한 듯 서로를 알뜰히 챙겨주고 있는 듯했다. 강민주 씨는 손수 자신의 차를 타고 왔고, 돌아갈 때도 그랬다. 명호영 씨는 이 문제를 다르게 바꿔 볼 방법을 찾지 못하고 있었다. 올 때 택시를 타고 와요. 돌아갈 때는 내 차로 데려다주고 돌아올 테니, 이렇게 말해 볼까 생각해 봤지만 강민주 씨가 괜찮다고 분명히 사양할 것 같아 아직은 생각으로만 머물고 있었다. 방법이 나오겠지.

강민주 씨는 이틀 낮 동안 명호영 씨의 아파트에서 함께 시간을 보내며 명호영 씨의 인간적 면면들에 대해 알아가고 있었다. 남달리 신중하면서도 겸손하고 소탈한 사람 같았다. 이때까지 명호영 씨는 그의 과거 전력에 관해서는 별다른 얘기를 하지 않고 있었다. 이점에 있어서 그녀는 자신도 마찬가지임을 인정했다. 가끔 명호영 씨는 전화벨이 울리면, 여보세요? 라고 했다가 저쪽의 이야기를 잠시 듣고 나서 유창한 영어로 대화가 이어지는 걸 맞은편 소파에 앉아 듣고 있으면, 어딘지 모르게 그에게 믿음이 가고 있다는 걸 느끼고는, 자신의 허벅지 한곳을 살짝 꼬집으며 계면쩍게 놀라고 있었다. 마치 아내가 남편의 어떤 훌륭한 능력을 마주 대해보면서 흡족한 느낌을 받는 것까지는 아닐지라도, 그렇다고 그것과 거리가 멀다, 라고 까지는 여기고 싶지 않았다. 그녀의 마음이 차츰 그처럼 되어가고 있는 듯했다. 10시 가까이 된 시간, 명호영 씨는 단지 내 주차장에서 집으로 가는 강민주 씨를 배웅하고 거실로 돌아왔다. 탁자 위 전화기가 진동을 울리고 있었다. 전화기를 열자, 메시지가 와 있었다.

나 형진이 이모야. 처음 이 번호로 메시지를 보내 보네. 리본이 달려 있지 않은 화분을 보냈네. 낮에 받았지만, 병원 일이 바빠 이제 연락하는 거야. 리본이 없는 화분을 받아보기는 처음이야. 병원을 개업했을 때, 확장 이전했을 때, '축 발전'등의 리본이 달린 화분들은 받았었지. 혹시 꽃집 배달처가 리본 달기를 잊은 것일 수도 있겠지? 그래. 그건 그렇고, 왜 보냈어?

시간이 늦었지만, 막 메시지를 보내신 걸로 봐서, 주형진의 이모한테 전화를 해도 될 것 같아 그는 번호를 눌렀다. 이모는 바로 전화를 받았다.

"호영입니다, 이모님. 이모님 메시지 막 받았어요. 말씀대로 이모님 병원은 이미 개업 시기가 지난 지 오래이니, 리본 없이 보내달라고 배달 처에 부탁했죠. 그렇게 된 겁니다."

"대답이 분명하고, 꼭 전달할 내용만 모아 말하는 타입이 옛날과 같구먼."

이모가 말했다.

"저에 대해 그런 것까지 기억하고 계세요?

명호영 씨가 웃으며 말했다.

"그런 것까지가 아니라, 그렇기 때문에 기억하는 거야. 축하 모임 때 들었지만, 또 목소리를 들으니 반갑군. 그런데 화분은 왜 보냈어?"

이모가 물었다.

"개업하신 때나, 확장하신 때, 저는 몰랐고. 하긴 먼 이국에 있긴 했지만. 그런 뜻으로 보낸 거예요, 이모."

"알았어, 고마워. 형진이와 함께 저녁 식사 한번 하자고, 내 병원 가까이에서. 형진이가 전화하게 할게."

사흘 후 아침, 명호영 씨는 친구 주형진의 전화를 받았다. 오늘 저녁 함께 이모의 병원을 방문하면 어떻겠느냐는 것이었다. 명호영 씨는 퇴근 시간이 가까운 5시쯤에 시간약속이 가능하게 될지 알려주겠다고 했다. 5시 30분, 부처에 별다른 일은 없을 것 같아, 그는 친구에게 전화하여 둘이 만날 곳을 듣고 전화를 끊었다. 그런데 6시가 조금 지나 주형진 씨는 회사의 사정이 퇴근하기가 어렵게 되었다고 알려왔다.

"이모가 기다릴 테니 너 혼자 가. 가서 내 사정도 얘기해 드려. 난 이모한테 따로 전화 안 할 테니까."

이모의 병원에 들어선 명호영 씨는 개인병원의 규모가 꽤 큰 편에 속해 적이 놀랐다. 정신과 치료 능력이 있으신 거구나. 간호사의 안내를 받아 원장실 앞에서 간호사가 대신 노크해 주었다. 원장실의 규모도 크고 짜임새가 있었다.

"앉아. 형진이는 어디에 두고 혼자 온 거야?"

이모가 자리에서 일어나며 물었다.

"그 애하고 만날 장소로 가는 중에, 갑자기 퇴근이 어렵게 되었다는 연락을 받았어요."

"잘 됐다. 둘이 식사하자. 가만있자, 나하고 식사 같이해본 적이 있던가?"

이모가 자리에 앉으며 말했다.

"있었죠. 딱 한 번요. 제가 미국으로 떠나면서 형진이와 함께 출국 인사차 이모님을 대학병원으로 방문했었죠. 지하 식당이 엄청나게 컸고, 사람 냄새, 음식 냄새로 코가 막힐 지경인 그 구내식당에서 점심식사 함께 하셨죠."

"아, 그런 것 같네. 그때 내가 전문의 시험 준비를 거의 끝내가고 있던 때였을 거야."

이모가 말했다.

"여기서 식사하며 얘기하자."

"그러세요."

두 사람은 30분 동안 함께 식사했다.

"그런데 이모, 저를 위한 모임 자리에서, 형진이가 자기 처를 소개하는 걸로 알기는 했지만, 친구 부인들 모두 형진이의 처를 처음 보는 사람처럼 바라보는 것 같아 이상한 느낌을 받았어요."

갑작스러운 명호영의 이야기에 이모는 별다른 말을 할 기미를 보이지 않았다.

"제 처가 그렇게 되었던지라, 저를 배려해서였는지, 그날 친구 아내들은 눈에 띄게 담소들을 하지 않는 것 같았지만. 그런 중에도 형진이 처와는 금시 초면이라는 인상들을 강하게 풍겼어요."

이모는 여전히 명호영 씨의 이야기를 가만히 듣고 있었다.

"내가 뭐라고 불러야 되나? 옛날엔 형진아, 호영아 했었지만……."

"옛날 그대로 불러 주세요. 그게 저는 훨씬 듣기 좋아요. 이모님이 그 시절 조카 형진이와 저를 똑같이 대해 주셨잖아요."

"그랬었지. 그럼 옛날처럼 부를게."

"네, 좋습니다."

"…… 형진이에 관한 얘기를 어디서부터 어디까지 해야 할지 모르겠네."

이모가 말했다. 그 얘기를 하게 될 줄은 생각해 보지 않았다는 표정이 역력했다.

"어려운 얘기라면 그만두세요, 이모."

명호영 씨가 말했다.

"어렵다기보다 사건 자체가 노출되는 것이 조심스럽고 또 얼마간은 복잡성이 있기 때문이야. 형진이의 양해 없이. 이모지만 얘기를 한다는 게, 뭣한 면이 다분히 있기도 하고…… 형진이 성격에 앞으로 누구에게도 말하려 하지 않을 거야. 그것이 자신의 재혼 사실을 어쩔 수 없이 뒤늦게 알리게 된 걸로 봐! 하지만 남자들 세계에서 돈독하게 오랜 세월 유지되어온 우정이 계속되기 위해서는 한쪽의 애린 상처의 아픔을 알고 이해하지 않고는, 그 우정이 옛날처럼 변함없이 유지되기란 불가능해질 수도 있다는 걸 정신과 의사를 떠나서도 내가 잘 알고 있기 때문에 명호 영에게만은 얘기해 줄까 해."

이모가 말했다. 여기까지 얘기한 이모는 잠시 무엇을 생각하는 듯 눈을 감았다. 그러고 나서 천천히 이야기하기 시작했다.

"3년 전 이혼했고, 그날 같이 온 사람은 재혼한 사람인 것 같아."

명호영 씨는 이모의 말이 놀라웠다. 재혼한 사람 같다니! 이모인데…….

"처음 보신 겁니까?"

그가 묻자, 이모는 고개를 끄덕였다.

"형진이가 나를 배려하느라 그동안 나한테 인사를 안 시킨 걸 거야."

이건 또 무슨 말인가? 명호영 씨는 점점 영문을 알 수 없었다.

"……"

"형진이 아버지. 내게는 큰형부인데, 그분 불호령이 튀면 집안의 누구도 감당할 수 없으니까. 좀처럼 화를 내지 않고 신사다우시지, 평소엔.

일의 발단은 형진이 전처의 불륜 사실이 알려지면서였어. 그 일로 인해 형진이가 충격을 받고 고통스러워했던 모습은 이모인 내가, 정신과 의사인 내가 보기에도 위험수준을 넘지 않을까? 걱정이 될 정도였으니까. 그런데, 그게 뚜껑을 열어보니, 일반적인 아내들의 불륜 정황과는 좀 다른 점이 있었어. 남편의 성격이나, 경제 능력, 또는 성적 능력 등이 문제 된 것이 아니고, 그렇다고 아내된 사람이 성욕이 넘쳐나 남편만으로는 만족할 수 없는 그런 경우도 아니었어…… 이랬던 거야. 평소 일요일엔 교회 성가대 지휘자와 성가대원의 관계. 그 사람이 어느 일요일 예배 시작 직전에 남녀 혼성 이중창을 함께 부르자고 형진이 아내에게 갑자기 제안해와 당황스러웠지만, 거절하지 못하고, 겨우 몇 번 목소리를 맞춰보고 많은 성도 앞에서 찬송가를 부르게 된 바로 그날, 두 사람은 늦은 점심식사를 함께 하고 카페에서 이야기를 나누다 남자의 인도로 나이트에까지 가게 되었나 봐.

　그 남자는 형진이의 전처를 부스도 아닌 테이블에 앉혀놓고, 무대 위로 올라 뒤편 어디에서 전자바이올린을 들고 나오더니 기막힌 실력으로 가요 곡 몇 곡을 연주하고, 그 사이 몇 사람이 올라와 악단을 이루자, 이번엔 바이올린을 내려놓고 마이크를 잡고 노래를 부르는데, 또 그렇게 잘 할 수 없더란 거야. 두 시간 동안 연주와 노래로 자신의 시간이 다 끝났는지, 그제야 테이블에 돌아온 남자가 이젠 형진이 아내의 손을 이끌고 널따란 홀로 나가 전자오르간의 리듬에 맞춰 블루스 춤을 리드하는데, 그만 혼이 빠졌다고 해. 본인의 말이 그랬고,— 용서를 비는 편지에도 그렇게 쓰여 있었어.— 그렇게 시작되었던 거야. 사건이 알려지고 나서, 도대체 어떤 사람이기에 형진이 아내가 혼을 내려놓았을까? 내가 그 나이트에 가 무대의 그 사람을 지켜봤어…….

　여기까지가 1부라면 1부야. 2부의 이야기는 간단해. 형진이는 바로 이혼을 선언했고, 아내는 용서를 빌다빌다 받아들여지지 않자, 친정으로 돌아갔어. 놀랄 만큼 간단하게 부부의 연이 끊어진 거지. 아내 사랑이 남달리 끈끈했었기에. 용서 또한 안 되었던 거야.

　이제 3부가 남았는데, 전처와 이혼하고 1년 뒤, 형진이의 아들이 자살을 시도했어. 조금만 늦었더라면, 큰일 날 뻔했었다고 해. 손주의 문제를 겪으시며 형진이의 부친이 형진이를 용서하지 않기 시작했어. 그분은 모든 사실을 다 알고도 가만히 계셨지. 그분의 노여움은 아직 풀리지 않은 걸로 알고 있고, 그 여파로 형진이는 새로 만난 그 여자와 혼인신고는커녕, 태어난 아기 출생신고조차 하지 못하고 있어. 노인이 받아주지 않기 때문이지. 형진이의 아내가 된 그 여자를 내가 만나주면 내게까지 불똥이 튈까 봐, 나도 인사를 받지 않고 지내온 거야.

형진이의 전처는 재혼을 하지 않고, 아직 친정에 있는 걸로 알고 있어. 그런 일만 없었더라면, 형진이의 전처⋯⋯ 참 놓치기 아까운 사람이었지! 어느 것 하나 나무랄 데 없었어. 그 점을 형진이 부모가 지금도 절절히 그리워하고 계셔. 하지만 겉으로 나타낼 수 없지. 사건의 실체가 그런 일이었으니까. 내 언니는 손주를 볼 때마다 그 애의 엄마, 옛 며느리가 그립고, 아까워 이젠 언니가 매사에 말이 없어지는 사람처럼 되어가고 있는 듯해서 내가 안타까워 죽겠어. 나도 그 사람을 아주 아끼고 좋아했었지. 누가 그 사람을 만나게 될지는 몰라도 하늘이 내려준 기회가 될 수 있을 거야. 영원히 재혼을 미루고 있지만은 못 할 테니까⋯⋯ 아쉽고말고! 그래서 가끔 목소리라도 듣고 싶어 전화기를 든 경우가 있었어. 작년까지는 그랬어. 아까운 사람이 떠나갔고. 이 말 영화 제목 같지 않아?

마지막으로 형진이가 아내의 불륜 사실을 알게 된 제1선에 내가 있었어. 그 일로 형진이의 전처로부터 눈물겨운 항의 같은 것도 한번 받았었지. 그 얘기는 하고 싶지 않아. 그때 내가 한 일이 잘한 일이었는지는 지금도 모르겠으니까⋯⋯ 형진이 아들은 금년 M고에 합격했고. 이게 다야. 4부는 없어. 형진이와 남달리 친했지? 경우야 판이하지만, 어찌 되었든 본처가 곁에 없는 것이 동병상련처럼 된 것 같아, 두 사람 모두에게 연민이 가는구먼. 그래서 얘기를 한 것이고……."

이모는 천천히 말을 맺었다.

시간이 꽤 지났다. 명호영 씨는 이모의 이야기를 듣고 난 뒤, 가끔 문안 전화 드릴게요 라고 인사하고 병원을 나왔다. 이모로부터 친구에 관한 의외의 이야기를 듣게 된 그는 이모인지 친구인지 모르게 왠지 미안한 생각이 들었다. 안 들어야 될 이야기를 마치 자신이 강요하여 듣게 된 것 같은 기분이었다.

그는 이모와 헤어지기 전, 재혼하려거든 내가 추천할 사람이 있으니 누구보다 먼저 한번 만나 봐. 나와 같은 정신과 의사인데. 이쪽은 남편의 외도로 혼자 된 사람이야, 라고 말하며 딸린 아이도 없다고 했다. 그는 이모의 말에 강민주 씨를 떠올리며 웃음으로 대신하고 대답을 하지 않았다.

아파트에 들어서자, 강민주 씨가 와 있었다. 그녀는 소파에 앉아 앞에 포도주잔을 놓고 옆에 놓인 접시의 치즈와 땅콩을 씹으며 책을 읽고 있었다. 잔은 반쯤 비었고, 주방의 식탁엔 두 사람의 저녁 식사가 차려진 채 그대로 있었다.

"이걸 어쩌죠? 미안해서……."

명호영 씨가 말했다.

"웬일로 전화도 없었어요?"

민주 씨가 물었다.

"우선 식사 먼저 해요. 난 누굴 만나 식사하고 오는 중이에요."

"전화해 볼지 하다 안했어요. 바쁜 모양이구나 싶어."

"옛날 고등학교 시절부터 친한 친구의 이모님을 만났어요. 그 친구와 함께 가기로 했던 건데, 갑자기 친구에게 일이 생겨 생각지 않게 혼자 가게 된 거죠. 그 참에 그만 전화하는 걸 잊고 말았네요."

호영 씨가 말했다.

"친구 이모라면 여자분 이신데, 무슨 얘길 그렇게 오래 했어요? 중매라도 부탁했나 보죠?"

"아니, 천만에! 그런 부탁 안 했어요. 어쨌든 미안해요. 식사해요, 나도 몇 수저 뜰 테니까."

두 사람은 식탁으로 이동했다. 올려져있는 메뉴는 스파게티였다. 한 접시만 레인지에 데워 호영 씨는 몇 젓갈만 따로 받아먹기 시작했다. 민주 씨가 소파 탁자 위의 포도주병을 가져왔다. 포도주를 곁들인 스파게티 식사는 맛이 있었다.

"중매가 나쁜 방법은 아니라고 봐요. 양쪽 모두가 신뢰하는 분이 중매하는 거라면."

민주 씨가 느릿하게 말했다.

"갑자기 중매 얘긴 왜 자꾸 꺼내죠? 중매 부탁 안 했다고 했잖아요!"

"그 얘긴 들어서 알아요. 내 얘긴, 누구나 인생을 살아가면서 좋은 때만은 없기 때문에, 남남이 만나 부부라는 이름으로 살아가는 것이기에, 처음 혼인을 성사 시켜준 중매자가 나중 둘 사이에 어렵고 중요한 문제가 생기면, 그들의 중재자가 되어 줄 수도 있지 않을까? 싶어 해본 얘기예요."

"그건 그렇겠군요."

호영 씨가 말했다.

"어떻게 만나 결혼했어요?"

포도주잔을 부딪치고 나서 민주 씨가 물었다.

"……"

"물은 말 취소할게요."

민주 씨는 그를 바라보다 지체하지 않고 말했다. 그의 얼굴에서 짙은, 어두운 그림자를 본 것 같아서였다. 그녀의 예민한 영민함이 발휘되고 있었다. 그는 그녀의 물음을 듣게 된 순간, 처참했던 아내의 마지막 모습이 떠올랐다. 그녀는 호영 씨의 어떤 상처를 건드린 게 아닌가? 싶어 조심스럽게 바라보고 있었다.

"그렇게 바라보지 말아요. 중매 부탁 안 했으니까."

호영 씨는 떠오른 생각을 재빨리 지우며 말했다. 그녀는 폭소를 터트렸다. 해맑은 폭소의 여운이 주변을 가득 채우면서 길게 퍼져 나갔다. 탁자에 잔을 내려놓는 그녀의 오른손이 약간은 제멋대로인 듯했다. 그는 그녀의 그런 모습들을 놓치지 않고 있었다.

"오늘 밤 돌아갈 때는 택시를 이용해요. 차는 여기 주차장에 세

워두고."

"왜요? 취하지 않았는데요."

"……"

"민주 씨가 중재자의 필요성을 갑자기 왜 말했는지는 모르지만, 그 말을 듣고 있는 나로선 어쩐지 우연한 일은 아닌 것 같군요."

"무슨 뜻이에요?"

"오늘 만나고 온 분에게서 한 가지 사연을 듣고 왔어요. 그런 얘기를 듣게 되리라고는 생각지 않고 갔던 건데, 중재자에 관한 이야기는 아니었고. 그분에게는 조카지만 내게는 절친한 친구인데, 가정이 그만 뭣 하게 된 얘기를 들으면서, 사람 사이의 문제에 어떤 역할을 할 수 있는 역량이나 위치에 있었다 해도 중요한 처음 순간에 한쪽을 편든 형태가 되고 말면, 세월이 지나도 자신이 뭔가 경솔했던 게 아니었나? 하는 안타까움이 좀처럼 마음속에서 지워지지 않고 있다고 얘기를 하고 싶어 하는 것 같이 들렸어요. 내용상으로 비중은 그쪽에 두고 있지 않았지만. 끝에 아까운 사람이 떠나갔다고. 내 친구의 아내를 두고 한 말인데. 나는 그 말이 중재하지 못해 내내 아쉽다는 뜻으로 들렸거든요"

그녀는 그의 이야기를 들으며 계속 이어지는 친구 '이모'라는 분의 이야기에 혹시나? 까지는 아니었지만, 그래도 '이모'라는 소리에 마음 한구석이 붙들려 풀리지 않았다. 그로 인해 조금 전 올라오던 포도주의 취기가 사라졌다. 설마 그럴 리야…….

호영 씨의 이야기가 짧고 내용이 다분히 비유적이긴 했지만, 찜

찜한 여운은 쉽게 사라지지 않았다. 그런 일이 세상에 흔치는 않겠지만, 있을 것만도 같았다. 여차하면 혹시 친구 중에 주형진이란 분 있었어요? 라고 물어보면 돼. 이제 와서 그게 뭐 그리 대단해! 그 사람은 나와의 관계를 남김없이 훌훌 털고 재혼하여 아이까지 낳았는데. 강민주는 이렇게 생각을 정리하며 시계를 보았다. 택시를 부르자는 호영 씨에게 괜찮다며 자신의 차로 돌아갔다.

* * *

　목요일 밤부터 미열이 나기 시작한 명호영 씨는 밤새도록 고통스러운 밤을 보냈다. 부처에 전화하여 하루를 집에서 쉴까 하다 그는 출근했다. 아직은 몸의 약함이나 어떤 허술함도 보이고 싶지 않았다. 이건 그의 자존심의 소치라고만 치부할 수 없었다. 정규 부처의 사람으로 승진해 올라온 경우가 아닌 그가 어떤 때는 장벽? 같은 것을 피부로 느끼고 있었으니까.

　금요일 퇴근 무렵은 입에 물었던 체온계를 빼보자, 37,4도에 눈금자가 닿아 있었다. 약국에 들어가 감기몸살인가 싶어 감기약을 사 약국 안에서 두 알을 복용하고 집에 돌아온 그는 저녁 식사를 거르고 자리에 누웠다. 열은 가라앉지 않고 있었다. 감기가 아닌 것 같기도 했지만, 이미 늦은 시간이라 종합병원 응급실이 아니면

갈 만한 병원이 없다 싶어 내일까지, 그러니까 민주 씨가 집에 올 때까지 버텨보자며 침대에 누웠다. 여러 상념들이 그의 머릿속을 지나갔다. 어떤 상념들은 마치 낡은 영사기에 걸쳐져 억지로 돌아가는 필름처럼 머릿속을 맴돌다 사라지기도 했다. 삶의 행복과 불행이 경계를 긋지 않고 한 팀인 양 바톤을 주고받는 것 같기도 했다. 그는 일어나 앉아 차가운 물 한 잔이 필요할 것 같았지만, 귀찮아 다시 누웠다. 갑자기 호수 한가운데 동력이 없는 보트에 탄 것처럼 외로워지기 시작했다. 아! 내가 왜 이러지? 그는 주방의 냉장고 안 생수를 가져오려고 방바닥에 내려섰다가 현기증이 일어나 소파의 등받이를 잡고 잠시 진정하려 했지만 여의찮아, 소파에 앉아 등을 기대고 눈을 감았다.

그때 양복저고리 안에 있는 전화벨이 울렸다. 그는 눈을 뜨고 저만치에 있는 옷걸이를 바라보았지만 일어나지 않았다. 우선 힘이 없고, 귀찮았고, 모든 것이 의미가 없는 것 같았다. 벨소리가 그쳤다 다시 울렸다. 그는 조심스레 일어나 걸어갔다. 분명히 몸의 상태가 좋지 않았다. 옷걸이 가까이 갔을 때 또 전화가 끊겼다. 주머니 속의 전화를 꺼내기조차 귀찮아 옷을 벗겨 소파에 던지고, 침대에 걸터앉았다. 다시 눕고 싶었다. 그때 또 전화벨이 울리기 시작했다. 멍한 눈빛으로 소파 위를 바라보다 전화기를 꺼내 들었다.

"여보세요?"

힘 없는 목소리. 상대방 쪽에서 내 이 목소리를 들을 수 있을까 싶었다.

"왜 목소리가 그래요? 어디 아파요?"

민주 씨였다.

"지금 세 번째 전화하는 거예요. 어디예요, 지금?"

저쪽의 목소리가 좀 다급하게 들렸다.

"집인데 몸 상태가 좀 안 좋아서."

호영 씨는 오른쪽 무릎 쪽으로 기운 채 말하고 있었다.

"지금 내가 갈게요. 그때까지 괜찮겠어요?"

"설마……."

"택시로 갈게요."

그녀는 운전사에게 집에 환자가 혼자 있어 그러니 빨리 좀 부탁한다며 주소를 말했다. 호영 씨의 목소리는 분명 환자의 목소리였다. 세상에! 몸이 아프면 근무 중이라도 나한테 전화하지. 퇴근해 집에 돌아와서까지 전화하지 않다니. 이렇게 생각하다 다른 때처럼 내일 토요일 낮에 전화 없이 갔더라면, 전화를 받지 않는데도 세 번째 전화에 겨우 통화된 것이 여간 다행이다 싶었다. 운전자는 비교적 빨리 달려주었다. 그녀는 아파트 출입문 앞에서 거스름돈을 건네주려는 운전자에게 괜찮다고 하면서 차에서 내려 엘리베이터 앞으로 뛰어갔다. 방안에 들어선 그녀는 등을 보이고 누워 있는 호영 씨를 바라보다 탁자에 구강용 체온계가 놓여 있는 것을 보았다. 체온을 잰 것이 조금 전이었는지 눈금이 38도 가까이에 멈춰 있었다. 그녀는 급히 방문 밖으로 나가 냉장고의 차가운 생수병을 꺼내 화장실에 걸려 있는 두꺼운 수건에 흠뻑 적셔 대충 물을 짜내고 방으로 들어왔다. 그리고 엎드리다시피 몸을 숙여 호영 씨를 반듯이 뉘었다. 그는 눈을 뜨지 않고 있었다.

"입 좀 크게 벌려요!"

다급히 말하고 입과 코만 남겨두고 차가운 수건을 둘러 얼굴에 덮었다. 그러고나서 조금 뒤에 컵에 냉수를 따라 그를 일으켜 입가에 물컵을 대 주었다. 그는 다섯 모금이나 물을 삼켰다.

"아, 이제 좀 살 것 같네."

힘없이 하고 있는 말이었지만, 그녀는 여간 기쁘지 않았다. 그녀는 벌써 차가운 수건으로 뜨뜻해진 얼굴의 수건을 갈 준비를 하고 있었다.

"이런 지경이 될 때까지 왜 혼자 버텨요! 근무 중이라도 나한테 전화하지 않고."

민주 씨는 좀처럼 하지 않는 야무진 말을 했다.

"이런 줄 모르고 내일 낮에 왔더라면, 자칫하면 아주 못 볼 수도 있었겠네."

얼굴의 수건을 또 갈아주며 독백하듯 계속 지껄였다. 명호영은 아무런 말도 하지 않았다. 그녀는 그의 입에 체온계를 물렸다. 37.4도를 가리켰다.

"119를 부를까요?"

민주 씨가 물었다.

"아니, 조금 전보다 열이 내린 것 같아요."

"열은 조금 내렸어요. 탁자의 체온계가 38도에 가까웠어요. 지금은 37,4도에요."

그녀는 찬 수건을 준비하느라 다시 밖으로 나갔다. 그로부터 2시간 뒤, 10시 30분이 되어 서야 37도로 떨어졌다. 눈에는 아직 열기가 남아 있었지만, 명호영은 소파에 앉아 있었다.

아스피린을 사기 위해 밖에 나갔던 민주 씨가 방안에 들어섰다.

"공복에 아스피린만 복용하면 위벽에 출혈 현상이 일어나 위가 쓰릴 수도 있다니, 우유를 함께 마셔요."

그녀는 약과 우유 잔을 함께 건넸다. 명호영은 그녀를 올려다보며 약과 잔을 받았다. 그러면서 무슨 말을 하고 싶은 듯 눈깜박임 없이 그녀를 계속 바라보았다.

"왜 그렇게 쳐다봐요? 약이나 먹지 않고?"

"앞에 앉아요…… 고맙다는 말 밖에."

목소리가 약간 떨린 듯 말하고서 약을 입에 넣었다.

그날 그들은 함께 밤을 보냈다. 아직도 열은 약간 정상 체온을 넘었고, 그 몸의 열을 자기 몸으로 흡수해 주려는 듯 민주 씨는 명호영 씨의 품에 깊이 안겼다.

"이제부터 내 곁에 있어줘요. 다른 데 가지 말고!"

민주 씨는 품 안에 안긴 채 그를 올려다보았다.

"어떻게 하려고 그런 말을 함부로 해요?"

그녀가 말했다.

"함부러?…… 당신을 사랑하니까! 내 남은 인생 당신과 함께하고 싶어서."

명호영이 말했다.

"잘못하면 이 밤 이대로 그냥 지나가겠네. 오늘밤은 내가 당신 곁에 이렇게 있어 줄 테니까…… 사실 나도 당신 곁에 있고 싶어요."

그녀는 두 팔로 그를 껴안았다. 그리고 깊게 키스했다. 그들은 입을 떼지 않고 그대로 한참을 있었다.

"나는 당신과 함께 있기 위해 이 거처를 매입한 거였소. 혼자 생활이라면 고급 하숙이 더 편하다는 걸 알면서도 그랬던 거요. 아파트 입주가 벌써 몇 달이 지났고, 그 긴긴밤을 당신이 오기를 기다리며 혼자 지낸다는 건 쉬운 일이 아니었소."

그가 말했다.

"그래서 마침 오늘 금요일, 내일 출근이 없는 날에 병이 난 거예요?"

"아니, 목요일 밤부터 열기 나기 시작했어요."

"그럼 목요일 밤부터 내가 이렇게 옆에 있어 주길 기다린 건가?"

"그런지도 모르겠군."

그들은 크게 웃고 나서 다시 부둥켜안았다.

"우리 함께 살아가는 문제는 천천히 생각하기로 해요. 당신에게는 두 딸이 있고, 내게도 아들이 있으니. 부모가 돼서 어떤 경우에도 아이들의 마음 한곳에 그늘이 지게 해서는 안 되니까요."

민주 씨가 말했다.

명호영은 그녀의 머리에 한 손을 얹고 이야기를 듣고 있었다. 그녀의 이야기가 멎자, 그의 손은 그녀의 머리를 쓰다듬기 시작했다.

"내가 본사 발령을 받고 귀국하는 공항에서 아빠, 한국에 가시면 우선 좋은 분 만나세요. 그 소식을 제일 먼저 기다릴게요, 하더라고요. 고등학교 고학년 딸들이라 그런 걸까요?"

"글쎄요. 한쪽 부모가 어떻게 외롭게 되었느냐가 자녀들에게 중요한 문제가 될 것 같아요. 당신은 사별이라 엄마를 다시는 보지 못하게 되었으니, 당연히 아빠의 외로움이 제일 걱정이 될 수 있겠지요. 하지만 내 아들은 아빠가 살아있는 상태에서 같은 서울에서 엄마가 다른 사람과 재혼하는 문제는 당신의 경우와는 매우 다를 수 있다는 걸 나는 잘 알고 있어요. 아이에게 이미 견디기 힘든 충격을 준 엄마인데, 자칫하면 또 다른 충격을 안겨 줄 수 있다는 걸 말이죠.

그 아이 졸업식날 식이 끝나고 조용한 곳에서 엄마와 식사를 함께하는 자리에서 엄마, 아빠는 나도 모르게 재혼하여 아기까지 태어났는데…… 하지만 엄마는 그렇게까지는 되지 않았으면 좋겠어. 엄마가 아기를 갖는다는 건, 정말 싫어! 재혼은 마음대로 하셔도 좋지만. 또 바라는 건, 나보다 어린아이가 있는 사람한테는 가지 말았으면 해. 그 아이들이 엄마한테 엄마! 엄마! 하는 거, 정말 싫어,라고. 그런 생각들을 어디 한두 번 했겠어요?

아이 졸업식날 아빠가 새엄마와 함께 왔더군요. 멀리서 봤지요. 사진을 같이 찍고 나서 아들이 아빠와 그 여자를 보내고, 한쪽에 숨어있다시피한 엄마에게 연락하여 아들을 만났어요. 그 아들이 지금 M고 기숙사 생활을 하고 있어요."

M고?……

명호영 씨는 며칠 전, 친구 주형진의 이모로부터 형진이 이혼하고 양육을 맡은 그 아들이 M고에 입학했다고 한 말이 떠올랐다.

M고라면 한해에 입학생이 그리 많지 않을 텐데? 혹시 그 아이가 민주 씨의 아들이기라도 한다면……?

그의 생각은 멈추지 않았다. 날이 밝으면 어느 친구에게든 형진이의 전처 이름을 아느냐고 물어볼 수 있지. 아니, 민주 씨에게 직접 아들의 성씨가 뭐냐고 물어봐도…… 그런데 혹시 그 아이가 형진이의 아들이 된다 해서 그게 무슨 큰 문제가 될 수 있어? 형진이는 벌써 재혼했잖아! 민주 씨도 아이의 아빠가 재혼한 사실을 아이의 졸업식날 아이에게 들었다 했고. 아직 절대로 확실치 않지만 그 아이가 설령 두 사람의 아이가 된다 해도, 나는 민주 씨의 아들로만 받아들이면 돼. 아무런 문제가 될 게 없어…… 그는 잠시 몸의 열기가 어떤지 돌아봤다. 좀 더 차도가 있는 것 같았다.

"나도 딸애들에게 상처를 줘서는 안 되는 사정을 한 가지 갖고 있어요. 아빠의 재혼에 직접적으로 상관이 되는 문제는 아니지만. 민주 씨의 경우처럼 부모의 유고로 인해 생긴 사정이란 점에서는 다르다고 할 수 없을 것 같아요. 두 딸이 엄마의 유해가 담긴 밀봉된 도자기를 머리맡에 두고 잠을 자요. 엄마에 대한 처절한 그리움이 어떤 것인지 나로선 상상만 할 뿐, 아빠라고 간섭할 수 있는 사안은 아닌 거죠. 결혼하게 되면 유해가 담긴 도자기를 시집에까지 가져가지는 못하겠지 생각만 하고 있을 뿐입니다."

민주 씨는 호영 씨의 이야기를 조용히 듣고 있었다.

"나와 민주 씨의 처지가 다른 점이 있다는 걸 알겠어요…… 우리가 재혼하게 된다면 그 시기와 형태는 민주 씨가 정해도 좋습니다. 다만 우리의 남은 인생, 든든한 반려자로 함께 걸어가요! 진심으로 사랑합니다! 가족이나 친지들에게 널리 알리고, 안 알리고, 여부에서부터 우리 두 사람의 동거 형태에 이르기까지 모든 것을 당신이 하고 싶은 대로 해요, 따라갈게요. 아들에 관해서는 계속 마음속에 생명처럼 관심을 두고.

다만 우리가 만나기 전의 각자의 과거 문제는 누구에 대한 미련이든, 후회든, 원망이든, 그 어떤 것이든 모두 잊기로 해요. 서로 묻지도 말고…… 우리가 만나기 이전의 문제들은 우리 앞에는 전연 문제가 되지 않아요! 그 두 가지 신실한 약속과 터전에서 나는 당

신을 내 반려자로 받아들이고 싶으며 당신 또한 그렇게 나를 받아
주기 바라요!"

호영 씨는 진지한 표정으로 이야기의 끝을 맺었다.

그들은 서로의 눈을 가까이에서 마주 바라보며 깊은 미소를 지
었다. 그리고 서로의 뺨을 어루만졌다. 깊은 밤의 정적이 두 사람
의 소곤거림을 깊이 감싸주며 뜨겁게 흘러가고 있었다.

끝.

양 실

벨기에 브뤼셀 대학교 유럽 문제 연구소를 수학했다. 지금은 마음의 평안을 얻는 붓다의 '위빠사나' 명상과 고통과 슬픔 치유에 효과적인 '전생 퇴행요법' 그리고 각인의 인생 로드맵을 제일 자세히 알려주는 '명리학'의 원리와 그 상담 해석법을 연구하고 있다.

저서
『나는 로맨스를 즐기고 있는 거야』
『운명을 딛고 일어선 삶』
『우연(偶然)의 양편(兩便)』

우연(偶然)의 양편(兩便)

2024년 2월 20일 **인쇄** | 2024년 2월 25일 **발행**
저자 양실 | **발행인** 김현호

발행처 법문북스 | **공급처** 법률미디어 | **주소** 서울 구로구 경인로 54길4(구로동 636-62)
전화 02)2636-2911~2 | **팩스** 02)2636-3012 | **홈페이지** www.lawb.co.kr
등록일자 1979년 8월 27일 | **등록번호** 제5-22호

ISBN 979-11-93350-30-0(03810) | **정가** 16,000원

이 도서의 국립중앙도서관 출판예정도서목록(CIP)은 서지정보유통지원시스템 홈페이지(http://seoji.nl.go.kr)와 국가자료종합목록 구축시스템(http://kolis-net.nl.go.kr)에서 이용하실 수 있습니다. (CIP제어번호 : CIP2020014223)

법률 명리학 외국어 서예 한방 서적 등

최고의 인터넷서점으로
각종 명품서적만을 제공합니다

각 종 명품서적과 신간서적도 보시고
법률 서예 한방 등의 정보도 얻을 수 있는

핵심법률서적 종합 사이트
www.lawb.co.kr

(모든 신간서적 특별 공급)

대표전화 | (02)2636-2911